Gottfried Keller

Sieben Legenden: Die Geschichte der Heiligen Jungfrau Maria

e-artnow 2018

G. K. Chesterton
Father Brown: Gesammelte Kriminalgeschichten

Nathaniel Hawthorne
Der scharlachrote Buchstabe

Peter Rosegger
Die schönsten Weihnachtsgeschichten

Lewis Wallace
Ben Hur: Eine Geschichte aus der Zeit Christi

Heinrich Seidel
Heinrich Seidel: Die schönsten Weihnachtsgeschichten

Gottfried Keller

Sieben Legenden: Die Geschichte der Heiligen Jungfrau Maria

e-artnow, 2018
Kontakt: info@e-artnow.org

ISBN 978-80-273-1984-8

Inhaltsverzeichnis

> Ein Weib soll nicht Mannsgeräte tragen, und ein
> Mann soll nicht Weiberkleider antun; denn wer
> solches tut, ist dem Herrn, deinem Gott, ein Greuel.
>
> *5. Mos. 22, 5*

Wenn die Frauen den Ehrgeiz der Schönheit, Anmut und Weiblichkeit hintansetzen, um sich in andern Dingen hervorzutun, so endet die Sache oftmals damit, daß sie sich in Männerkleider werfen und so dahintrollen.

Die Sucht, den Mann zu spielen, kommt sogar schon in der frommen Legendenwelt der ersten Christenzeit zum Vorschein, und mehr als eine Heilige jener Tage war von dem Verlangen getrieben, sich vom Herkommen des Hauses und der Gesellschaft zu befreien.

Ein solches Beispiel gab auch das feine Römermädchen Eugenia, freilich mit dem nicht ungewöhnlichen Endresultat, daß sie, in große Verlegenheit geraten durch ihre männlichen Liebhabereien, schließlich doch die Hilfsquellen ihres natürlichen Geschlechtes anrufen mußte, um sich zu retten.

Sie war die Tochter eines angesehenen Römers, der mit seiner Familie in Alexandria lebte, wo es von Philosophen und Gelehrten aller Art wimmelte. Demgemäß wurde Eugenia sehr sorgfältig erzogen und unterrichtet, und dies schlug ihr so wohl an, daß sie, sobald sie nur ein wenig in die Höhe schoß, alle Schulen der Philosophen, Scholiasten und Rhetoren besuchte, wie ein Student, wobei sie stets eine Leibwache von zwei niedlichen Knaben ihres Alters bei sich hatte. Dies waren die Söhne von zwei Freigelassenen ihres Vaters, welche zur Gesellschaft mit ihr erzogen waren und an all ihren Studien teilnehmen mußten.

Mittlerweile wurde sie das schönste Mädchen, das zu finden war, und ihre Jugendgenossen, welche seltsamerweise beide Hyazinthus hießen, erwuchsen desgleichen zu zwei zierlichen Jünglingsblumen, und wo die liebliche Rose Eugenia zu sehen war, da sah man allezeit ihr zur Linken und zur Rechten auch die beiden Hyazinthen säuseln oder anmutig hinter ihr hergehen, indessen die Herrin rückwärts mit ihnen disputierte.

Und es gab nie zwei wohlgezogenere Genossen eines Blaustrümpfchens; denn nie waren sie anderer Meinung als Eugenia, und immer blieben sie in ihrem Wissen um einen Zoll hinter ihr zurück, so daß sie stets recht behielt und nie befürchten mußte, etwas Ungeschickteres zu sagen als ihre Gespielen.

Alle Bücherwürmer von Alexandrien machten Elegien und Sinngedichte auf die musenhafte Erscheinung, und die guten Hyazinthen mußten diese Verse sorgfältig in goldene Schreibtafeln schreiben und hinter ihr hertragen.

Mit jedem halben Jahre wurde sie nun schöner und gelehrter, und bereits lustwandelte sie in den geheimnisvollen Irrgärten der neuplatonischen Lehren, als der junge Prokonsul Aquilinus sich in Eugenia verliebte und sie von ihrem Vater zum Weibe begehrte. Dieser empfand aber einen solchen Respekt vor seiner Tochter, daß er trotz des römischen Vaterrechtes nicht wagte, ihr den mindesten Vorschlag zu machen, und den Freier an ihren eigenen Willen verwies, obgleich kein Eidam ihm willkommener war als Aquilinus.

Aber auch Eugenia hatte seit manchen schönen Tagen heimlich das Auge auf ihn geworfen, da er der stattlichste, angesehenste und ritterlichste Mann in Alexandrien war, der überdies für einen Mann von Geist und Herz galt.

Doch empfing sie den verliebten Konsul in voller Ruhe und Würde, umgeben von Pergamentrollen und ihre Hyazinthen hinter dem Sessel. Der eine trug ein azurblaues Gewand, der andere ein rosenfarbiges und sie selbst ein blendend weißes, und ein Fremdling wäre ungewiß gewesen, ob er drei schöne zarte Knaben oder drei frisch blühende Jungfrauen vor sich sehe.

Vor dieses Tribunal trat nun der männliche Aquilinus in einfacher würdiger Toga und hätte am liebsten in traulicher und zärtlicher Weise seiner Leidenschaft Worte gegeben; da er aber sah, daß Eugenia die Jünglinge nicht fortschickte, so ließ er sich ihr gegenüber auf einen Stuhl nieder und tat ihr seine Bewerbung in wenigen festen Worten kund, wobei er sich selbst bezwingen mußte, weil er seine Augen unverwandt auf sie gerichtet hielt und ihren großen Liebreiz sah.

Eugenia lächelte unmerklich und errötete nicht einmal, so sehr hatte ihre Wissenschaft und Geistesbildung alle feinern Regungen des gewöhnlichen Lebens in ihr gebunden. Dafür nahm sie ein ernstes, tiefsinniges Aussehen an und erwiderte ihm:

»Dein Wunsch, o Aquilinus, mich zur Gattin zu nehmen, ehrt mich in hohem Grade, kann mich aber nicht zu einer Unweisheit hinreißen; und eine solche wäre es zu nennen, wenn wir, ohne uns zu prüfen, dem ersten rohen Antriebe folgen würden. Die erste Bedingung, welche ich von einem etwaigen Gemahl fordern müßte, ist, daß er mein Geistesleben und Streben versteht und ehrt und an demselben teilnimmt! So bist du mir denn willkommen, wenn du öfter um mich sein und im Wetteifer mit diesen meinen Jugendgenossen dich üben magst, mit mir nach den höchsten Dingen zu forschen. Dabei werden wir dann nicht ermangeln zu lernen, ob wir füreinander bestimmt sind oder nicht, und wir werden uns nach einer Zeit gemeinsamer geistiger Tätigkeit so erkennen, wie es gottgeschaffenen Wesen geziemt, die nicht im Dunkel, sondern im Lichte wandeln sollen!«

Auf diese hochtragende Zumutung erwiderte Aquilinus, nicht ohne ein geheimes Aufwallen, doch mit stolzer Ruhe: »Wenn ich dich nicht kennte, Eugenia, so würde ich dich nicht zum Weibe begehren, und *mich* kennt das große Rom sowohl wie diese Provinz! Wenn daher dein Wissen nicht ausreicht, schon jetzt zu erkennen, was ich bin, so wird es, fürchte ich, nie ausreichen. Auch bin ich nicht gekommen, nochmals in die Schule zu gehen, sondern eine Ehegenossin zu holen; und was diese beiden Kinder betrifft, so wäre es, wenn du mir deine Hand vergönntest, mein erster Wunsch, daß du sie endlich entlassen und ihren Eltern zurückgeben möchtest, damit sie denselben beistehen und nützlich sein könnten. Nun bitte ich dich, mir Bescheid zu geben, nicht als ein Gelehrter, sondern als ein Weib von Fleisch und Blut!«

Jetzt war die schöne Philosophin doch rot geworden, und zwar wie eine Purpurnelke, und sie sagte, während ihr das Herz klopfte: »Mein Bescheid ist bald gegeben, da ich aus deinen Worten entnehme, daß du mich nicht liebst, o Aquilinus! Dieses könnte mir gleichgültig sein, wenn es nicht beleichgend wäre für die Tochter eines edlen Römers, angelogen zu werden!«

»Ich lüge nie!« sagte Aquilinus kalt; »lebe wohl!«

Eugenia wandte sich ab, ohne seinen Abschied zu erwidern, und Aquilinus schritt langsam aus dem Hause nach seiner Wohnung. Jene wollte, als ob nichts geschehen wäre, ihre Bücher vornehmen; allein die Schrift verwirrte sich vor ihren Augen, und die Hyazinthen mußten ihr vorlesen, indessen sie voll heißen Ärgers mit ihren Gedanken anderwärts schweifte.

Denn wenn sie bis auf diesen Tag den Konsul als denjenigen betrachtet hatte, den sie allein unter allen Freiern zum Gemahl haben möchte, wenn es ihr allenfalls gefiele, so war er ihr jetzt ein Stein des Anstoßes geworden, über den sie nicht hinwegkommen konnte.

Aquilinus seinerseits verwaltete ruhig seine Geschäfte und seufzte heimlich über seine eigene Torheit, welche ihn die pedantische Schöne nicht vergessen ließ.

Es vergingen beinahe zwei Jahre, während welcher Eugenia womöglich immer merkwürdiger und eine wahrhaft glänzende Person wurde, indessen die Hyazinthen allbereits zwei starke Bengel vorstellten, denen der Bart wuchs. Obgleich man jetzt von allen Seiten anfing, sich über dies seltsame Verhältnis aufzuhalten, und anstatt der bewundernden Epigramme satirische Proben dieser Art aufzutauchen begannen, so konnte sie sich doch nicht entschließen, ihre Leibgarde zu verabschieden; denn noch war ja Aquilinus da, der ihr dieselbe hatte verbieten wollen. Er ging ruhig seinen Weg fort und schien sich um sie nicht weiter zu bekümmern; aber er sah auch kein anderes Weib an, und man hörte von keiner Bewerbung mehr, so daß auch er getadelt wurde, als ein so hoher Beamter unbeweibt fortzuleben.

Um so mehr hütete sich die eigensinnige Eugenia, ihm durch Entfernung der anstößigen Gesellen scheinbar ein Zeichen der Annäherung zu geben. Überdies reizte es sie, der allgemeinen Sitte und der öffentlichen Meinung zum Trotz nur sich allein Rechenschaft zu geben und unter Umständen, welche für alle andern Frauen gefährlich und untunlich gewesen wären, das Bewußtsein eines reinen Lebens zu bewahren.

Solche Wunderlichkeiten lagen dazumal eben in der Luft.

Mittlerweile befand sich Eugenia doch nicht wohl und zufrieden; ihre geschulten Diener mußten Himmel, Erde und Hölle durchphilosophieren, um plötzlich unterbrochen zu werden und stundenweit mit ihr im Feld herumzulaufen, ohne eines Wortes gewürdigt zu sein. Eines Morgens verlangte sie auf ein Landgut hinauszufahren; sie lenkte selbst den Wagen und war lieblicher Laune; denn es war ein klarer Frühlingstag und die Luft mit Balsamdüften erfüllt. Die Hyazinthen freuten sich der Fröhlichkeit, und so fuhren sie durch eine ländliche Vorstadt, wo es den Christen erlaubt war, ihren Gottesdienst zu halten. Sie feierten eben den Sonntag, aus der Kirche eines Mönchsklosters ertönte ein frommer Gesang, Eugenia hielt die Pferde an, um zu hören, und vernahm die Worte des Psalmes: »Wie eine Hindin nach den Wasserquellen, so lechzet meine Seele, o Gott! nach dir! Meine Seele dürstet nach dem lebendigen Gott!«

Bei dem Klange dieser Worte, aus frommen demütigen Kehlen gesungen, vereinfachte sich endlich ihr künstliches Wesen, ihr Herz ward getroffen und schien zu wissen, was es wolle, und langsam, ohne zu sprechen, fuhr sie weiter nach dem Landgute. Dort zog sie insgeheim männliche Kleider an, winkte die Hyazinthen zu sich und verließ das Haus mit ihnen, ohne von dem Gesinde gesehen zu werden. Und sie kehrte nach dem Kloster zurück, klopfte an der Pforte und stellte sich und ihre Begleiter dem Abt als drei junge Männer vor, welche begehrten, in das Kloster aufgenommen zu werden, um von der Welt abzuscheiden und dem Ewigen zu leben. Sie wußte, da sie wohl unterrichtet war, auf die prüfenden Fragen des Abtes so trefflich zu antworten, daß er alle drei, die er für feine und vornehme Leute halten mußte, in das Kloster aufnahm und den geistlichen Habit anziehen ließ.

Eugenia war ein schöner, fast engelgleicher Mönch und hieß der Bruder Eugenius, und die Hyazinthen sahen sich wohl oder übel desgleichen in Mönche verwandelt, da sie gar nicht gefragt worden waren und sich längst daran gewöhnt hatten, nicht anders zu leben als durch den Willen ihres weiblichen Vorbildes. Doch bekam ihnen das Mönchsleben nicht übel, indem sie ungleich ruhigere Tage genossen, nicht mehr zu studieren brauchten und sich gänzlich einem leidenden Gehorsam hingeben konnten.

Der Bruder Eugenius hingegen rastete nicht, sondern wurde ein berühmter Mönch, weiß wie Marmor im Gesicht, aber mit glühenden Augen und dem Anstand eines Erzengels. Er bekehrte viele Heiden, pflegte die Kranken und Elenden, vertiefte sich in die Schrift, predigte mit goldener Glockenstimme und ward sogar, als der Abt starb, zu dessen Nachfolger erwählt, also daß nun die feine Eugenia ein Abt war über siebenzig gute Mönche, kleine und große.

Während der Zeit, als sie so unerklärlich verschwunden blieb mit ihren Gefährten und nirgends mehr aufzufinden, hatte ihr Vater ein Orakel befragen lassen, was aus seiner Tochter geworden sei, und dieses verkündete, Eugenia sei von den Göttern entrückt und unter die Sterne versetzt worden. Denn die Priester benutzten das Ereignis, um den Christen gegenüber ein Mirakel aufzuweisen, während diese den Hasen längst in der Küche hatten. Man bezeichnete sogar einen Stern am Firmament mit zwei kleineren Nebenschnüppchen als das neue Sternbild, und die Alexandriner standen auf den Straßen und den Zinnen ihrer Häuser und schauten hinauf, und mancher, der sie einst hatte herumgehen sehen und sich ihrer Schönheit erinnerte, verliebte sich nachträglich in sie und guckte mit feuchten Augen in den Stern, der ruhig im dunkeln Blau schwamm.

Auch Aquilinus sah hinauf; aber er schüttelte den Kopf, und die Sache wollte ihm nicht einleuchten. Desto fester glaubte der Vater der Verschwundenen daran, fühlte sich nicht wenig erhoben und wußte es mit Hilfe der Priester durchzusetzen, daß Eugenien eine Bildsäule errichtet und göttliche Ehren erwiesen wurden. Aquilinus, der die obrigkeitliche Bewilligung erteilen mußte, tat es unter der Bedingung, daß das Bild der Entrückten ähnlich gemacht würde; das war leicht zu bewerkstelligen, da es eine ganze Menge Büsten und Bildchen von ihr gab, und so wurde ihre Marmorstatue in der Vorhalle des Minerventempels aufgestellt und durfte sich sehen lassen vor den Göttern und Menschen, da es unbeschadet der sprechenden Ähnlichkeit ein Idealwerk war in Kopf, Haltung und Gewändern.

Die siebenzig Mönche des Klosters, als diese Neuigkeit dort verhandelt wurde, ärgerten sich höchlich über den Trumpf, der von heidnischer Seite ausgespielt worden, über die Errichtung eines neuen Götzenbildes und die freche Anbetung eines sterblichen Weibes. Am heftigsten schalten sie über das Weib selber als über eine Landläuferin und betrügerische Gauklerin, und sie machten während des Mittagsmahles einen ganz ungewöhnlichen Lärm. Die Hyazinthen, welche zwei gutmütige Pfäfflein geworden und das Geheimnis des Abtes in der Brust begraben hielten, sahen diesen bedeutungsvoll an; aber er winkte ihnen zu schweigen und ließ das Schelten und Toben über sich ergehen als Strafe für seinen früheren heidnischen Sündengeist.

In der Nacht aber, als die Hälfte derselben vorüber war, erhob sich Eugenia von ihrem Lager, nahm einen starken Hammer und ging leise aus dem Kloster, um das Bild aufzusuchen und zu zerschlagen. Leicht fand sie den marmorglänzenden Stadtteil, wo die Tempel und öffentlichen Gebäude lagen und sie ihre Jugendzeit zugebracht hatte. Keine Seele rührte sich in der stillen Steinwelt; als der weibliche Mönch die Stufen zum Tempel hinaufging, erhob sich eben der Mond über die Schatten der Stadt und warf sein taghelles Licht zwischen die Säulen der Vorhalle hinein. Da sah Eugenia ihr Bild, weiß wie der gefallene Schnee, in wunderbarer Anmut und Schönheit dastehen, die feinfaltigen Gewänder sittig um die Schultern gezogen, mit begeistertem Blick und leis lächelndem Munde vor sich hinsehend.

Neugierig schritt die Christin darauf zu, den erhobenen Hammer in der Hand, aber ein süßer Schauder durchfuhr ihr Herz, als sie das Bild in seiner Deutlichkeit sah; der Hammer sank nieder, und lautlos weidete sie sich am Anblicke ihres eigenen früheren Wesens. Eine bittere Wehmut umfing sie, das Gefühl, als ob sie aus einer schöneren Welt ausgestoßen wäre und jetzt als ein glückloser Schatten in der Öde herumirre; denn wenn das Bild auch zu einem Ideal erhoben war, so stellte es gerade dadurch das ursprüngliche innere Wesen Eugenias dar, das durch ihre Schulfuchserei nur verhüllt wurde, und es war ein edleres Gefühl als Eitelkeit, durch welches sie ihr besseres Selbst in dem magischen Mondglanz nun erkannte. Das machte ihr eben zu Mute, wie wenn sie die unrechte Karte ausgespielt hätte, um modern zu reden, da es damals freilich keine Karten gab.

Plötzlich ließ sich ein rascher Männertritt hören; Eugenia verbarg sich unwillkürlich im Schatten einer Säule und sah die hohe Gestalt des Aquilinus heranschreiten. Sie sah, wie er sich vor die Statue stellte, dieselbe lange betrachtete und endlich den Arm um ihren Hals legte, um einen leisen Kuß auf die marmornen Lippen zu drücken. Dann hüllte er sich in seinen Mantel und ging langsam hinweg, sich mehr als einmal nach dem glänzenden Bilde umschauend. Eugenia zitterte so stark, daß sie es selbst bemerkte; zornig und gewaltsam nahm sie sich zusammen und trat wieder vor die Bildsäule mit dem erhobenen Hammer, um dem sündhaften Spuk ein Ende zu machen; aber statt das schöne Haupt zu zerschlagen, drückte sie, in Tränen ausbrechend, ebenfalls einen Kuß auf seine Lippen und eilte von dannen, da sich die Schritte der Nachtwache hören ließen. Mit wogendem Busen schlich sie in ihre Zelle und schlief selbige Nacht nicht, bis die Sonne aufging, und während sie das Frühgebet versäumte, träumte sie in rasch folgendem Wechsel von Dingen, die dasselbe nichts angingen.

Die Mönche ehrten den Schlaf des Abtes als eine Folge geistlicher Nachtwachen. Allein zuletzt sahen sie sich genötigt, Eugenias Schlummer zu unterbrechen, da es für sie etwas Besonderes zu tun gab. Eine vornehme Witwe, welche krank und christlicher Hilfe bedürftig darniederzuliegen vorgab, hatte nach ihr gesandt, den geistlichen Zuspruch und den Rat des Abtes Eugenius verlangend, dessen Wirken und Person sie seit geraumer Zeit verehrte. Die Mönche wollten daher diese Eroberung nicht fahrenlassen, welche ihrer Kirche zu Ansehen verhalf, und sie weckten Eugenia. Halb verwirrt und mit hold geröteten Wangen, wie man sie lange nicht gesehen, machte sie sich auf den Weg, mit ihren Gedanken mehr in den Träumen des Morgenschlummers und unter den nächtlichen Tempelsäulen verweilend als bei dem, was vor ihr lag. Sie betrat das Haus der Heichn und wurde in deren Gemach geführt und mit ihr allein gelassen. Ein schönes Weib von noch nicht dreißig Jahren lag auf einem Ruhbett ausgestreckt, allein nicht wie eine Kranke und Zerknirschte, sondern glühend von Stolz und Lebenslust. Kaum vermochte sie sich leidlich ruhig und bescheiden anzustellen, bis der vermeintliche Mönch auf ihre Anordnung dicht an ihrer Seite Platz genommen; dann ergriff sie seine beiden weißen Hände, drückte ihre Stirn darauf und bedeckte sie mit Küssen. Eugenia, welche, von ihren anderweitigen Gedanken eingenommen, nicht auf das unheilige Aussehen des Weibes geachtet hatte und ihr Gebaren für Demut und geistliche Hingebung hielt, ließ sie gewähren, und dadurch aufgemuntert, schlang die Heichn ihre Arme um Eugenias Hals, den schönsten jungen Mönch zu umarmen wähnend. Kurz, ehe der sich's versah, fand er sich von der leidenschafterfüllten Person umklammert und fühlte seinen Mund von einem Regen der heftigsten Küsse getroffen. Ganz betäubt erwachte endlich Eugenia aus ihrer Zerstreuung; doch dauerte es Minuten, bis sie sich aus der wilden Umhalsung losmachen und aufrichten konnte.

Sogleich aber begann die Zunge des heidnischen Satans sich zu rühren; in einem Sturm von Worten tat die Teufelin dem entsetzten Abt ihre Liebe und Sehnsucht kund und suchte ihm auf jegliche Art zu beweisen, daß es die Pflicht seiner Schönheit und Jugend sei, diese Sehnsucht zu stillen, und daß er zu nichts anderm da sei. Dabei ließ sie es an neuen Angriffen und zärtlichen Verlockungen nicht fehlen, so daß Eugenia sich kaum zu erwehren wußte, endlich aber sich entrüstet zusammenraffte und mit blitzenden Augen der Unholdin so derb den Text las und mit so kräftigen Verwünschungen, wie sie nur einem Mönch zu Gebote stehen, antwortete, daß jene das Mißlingen ihres übeln Vorhabens erkannte, mit *einem* Schlag sich verwandelte und den Ausweg einschlug, den schon das Weib des Potiphar eingeschlagen und der seither hundert- und tausendmal begangen wurde. Sie sprang wie ein Tiger auf Eugenia zu, umschlang sie nochmals wie mit eisernen Armen, riß sie zu sich auf das Bett nieder und erhob gleichzeitig ein solches Zetergeschrei, daß ihre Mägde von allen Seiten in das Gemach stürzten.

»Helft mir! Helft mir!« schrie sie, »dieser Mann will mir Gewalt antun!« und zugleich ließ sie Eugenien los, die sich atemlos, verwirrt und erschrocken auf die Füße stellte.

Die herbeigelaufenen Weiber schrien alsobald noch ärger als ihre Herrin, liefen dahin und dorthin und riefen auch männliche Geister herbei; Eugenia wußte vor Schrecken kein Wort hervorzubringen, sondern flüchtete sich voll Scham und Abscheu aus dem Hause, vom Lärm und den Verwünschungen des tollen Haufens verfolgt.

Nun säumte die teuflische Witwe nicht, schnurstracks und mit einem guten Gefolge zum Konsul Aquilinus zu laufen und bei ihm den Mönch der ärgsten Schandtat anzuklagen, wie er heuchlerischerweise in ihr Haus gekommen sei, um sich erst mit Bekehrungsversuchen aufzudrängen und, nachdem diese fehlgeschlagen, sie gewalttätig ihrer Ehre zu berauben. Da ihr ganzes Gefolge die Wahrheit ihrer Aussage bezeugte, ließ der entrüstete Aquilinus sofort das Kloster mit Kriegsvolk besetzen und den Abt samt den Mönchen vor sich bringen, um sie zu richten.

»Ist das euer Beginnen, ihr niederträchtigen Heuchler?« redete er sie mit strengem Tone an, »sticht euch schon dermaßen der Hafer, daß ihr, kaum geduldet, die Ehre unserer Frauen beleichgt und herumschleicht wie die reißenden Wölfe? Hat euer Meister, den ich mehr achte als ihr Lügner! euch dergleichen gelehrt oder geboten? Mitnichten! Ihr seid ein Haufen und eine Bande Elender, die sich öffentlich einen Namen geben, um im stillen dem Verderben zu frönen! Verteidigt euch, wenn ihr könnt, gegen die Anklage!«

Die schändliche Witwe wiederholte jetzt, von heuchlerischen Seufzern und Tränen unterbrochen, ihre lügenhafte Erzählung. Als sie geendigt und sich sittsam wieder in ihre Schleier hüllte, sahen die Mönche voll Furcht einander an und auf ihren Abt, an dessen Tugend sie nicht zweifelten, und sie erhoben gemeinsam ihre Stimmen, um die falsche Anklage abzuwehren. Allein nicht nur das zahlreiche Gesinde der Lügnerin, sondern auch mehrere Nachbarn und Vorübergehende, welche den Abt voll Scham und Verwirrung aus jenem Hause hatten entfliehen sehen und ihn schlechtweg für schuldig hielten, bezeugten jetzt nacheinander und zumal mit lauter Stimme die begangene Untat, so daß die armen Mönche zehnmal überschrien wurden.

Sie sahen jetzt voll Zweifel wieder auf ihren Abt, und seine Jugendlichkeit kam den Graubärten unter ihnen nun auf einmal auch verdächtig vor. Sie riefen, wenn er schuldig sei, so würde Gottes Strafgericht nicht ausbleiben, wie sie ihn auch dem weltlichen Richter jetzt schon preisgäben!

Aller Blicke waren nun auf Eugenia gerichtet, welche inmitten der Versammlung verlassen dastand. Sie hatte weinend in ihrer Zelle gelegen, als sie mit den Mönchen ergriffen worden, und stand die ganze Zeit über mit gesenkten Augen und die Mönchskappe tief über das Haupt gezogen da und befand sich in dem allerschlimmsten Zustand; denn wenn sie das Geheimnis ihrer Herkunft und ihres Geschlechtes bewahrte, so unterlag sie dem falschen Zeugnis, und offenbarte sie dasselbe, so erhob sich der Sturm gegen das Kloster heftiger als vorher, und sie weihte dasselbe dem Untergange, weil ein Kloster, das ein schönes junges Weib zum Abte hat, des unseligsten Verdachtes und Gespöttes der böswilligen Heidenwelt gewärtig sein mußte. Diese Furcht und Ungewißheit hätte sie nicht empfunden, wenn sie, nach Mönchsbegriffen, noch reinen Herzens gewesen wäre; allein allbereits seit der letzten Nacht war der Zwiespalt in ihr Gemüt eingebrochen, und selbst die unglückliche Begegnung mit dem schlimmen Weib hatte sie noch mehr verwirrt, so daß sie nunmehr den Mut nicht fand, entschlossen aufzutreten und ein Wunder herbeizuführen.

Doch als Aquilinus sie aufforderte zu reden, erinnerte sie sich seiner Neigung zu ihr, und indem sie Vertrauen zu ihm faßte, verfiel sie auf eine Ausflucht. Mit leisem und bescheidenem Tone sagte sie, sie sei nicht schuldig und wolle es dem Konsul beweisen, wenn sie allein mit ihm sprechen dürfe. Der Klang ihrer Stimme rührte den Aquilinus, ohne daß er wußte warum, und er gab zu, daß sie unter vier Augen mit ihm reden möge. Er ließ sie deshalb in das Innere seines Hauses führen und begab sich dort allein mit ihr in ein Zimmer. Nun schlug Eugenia ihre Augen zu ihm auf, warf die Kapuze zurück und sagte: »Ich bin Eugenia, die du einst zur Frau begehrt hast!«

Sogleich erkannte er sie und war überzeugt, daß sie es sei; aber zugleich stieg ein großer Ärger und eine brennende Eifersucht in ihm auf, weil die so plötzlich Wiedergefundene als ein Weib zum Vorschein kam, das die ganze Zeit über heimlich unter siebenzig Mönchen gelebt hatte. Er hielt daher gewaltsam an sich und stellte sich, während seine Blicke sie prüfend überflogen, als ob er ihren Worten nicht im mindesten glaubte, und sagte: »Du siehst in der Tat jener törichten Jungfrau ziemlich ähnlich. Doch das kümmert mich nicht; vielmehr bin ich begierig zu wissen, was du mit der Witwe gemacht hast!«

Eugenia erzählte eingeschüchtert und ängstlich den Vorgang, und Aquilinus erkannte aus der ganzen Art der Erzählung die Falschheit und Schlechtigkeit der Anklage, erwiderte jedoch mit scheinbarer Kaltblütigkeit: »Und auf welche Weise willst du denn, wenn du Eugenia bist, ein Mönch geworden sein, in welcher Absicht und wie war es möglich?«

Auf diese seine Worte errötete sie und blickte verlegen auf die Erde; doch dünkte es sie nicht unbehaglich, hier zu sein und endlich wieder einmal zu einem guten alten Bekannten von sich und ihrem Leben zu sprechen; sie säumte auch nicht und berichtete mit natürlichen Worten alles, was sich seit ihrem Verschwinden mit ihr zugetragen, nur daß sie seltsamerweise der beiden Hyazinthen mit keiner Silbe erwähnte. Die Erzählung gefiel ihm nicht übel, überhaupt wurde es ihm jede Minute schwerer, sein Wohlgefallen an der schönen Wiedergefundenen zu verbergen. Aber dennoch bezwang er sich und beschloß, durch ihr ferneres Benehmen bis zum Schlusse zu erfahren, ob er an Zucht und reiner Sitte die frühere Eugenia vor sich habe.

Er sagte darum: »Alles dies ist eine gut vorgetragene Geschichte; dennoch halte ich das Mädchen, das du jetzt zu sein vorgibst, trotz seiner Sonderlichkeit nicht für dergleichen gar zu befremdliche Abenteuer fähig; wenigstens hätte die wahre Eugenia es gewiß vorgezogen, eine Nonne zu werden. Denn was soll um aller Welt willen eine Mönchskutte und das Leben unter siebenzig Mönchen für ein Verdienst und Heil sein auch für die gelehrteste und frömmste Frau? Deshalb halte ich dich nach wie vor für einen glatten unbärtigen Kauz von Betrüger, dem ich gar nicht traue! Überdies ist jene Eugenia für göttlich und in den Sternen wohnend erklärt worden, ihr Bild steht im Tempel geweiht, und es wird dir schlimm genug ergehen, wenn du auf deiner lästerlichen Aussage beharrst!«

»Dies Bild hat ein gewisser Mann die vergangene Nacht geküßt!« erwiderte Eugenia mit leiser Stimme und sah mit seltsamen Blicken zu dem betroffenen Aquilinus hinüber, der sie anstarrte wie eine mit höherm Wissen Begabte. »Wie kann der gleiche Mann das Urbild peinigen?«

Aber er bekämpfte seine Verwirrung, schien diese Worte zu überhören und fuhr fort, kalt und streng: »Kurz gesagt, zu Ehren der armen Christenmönche, die mir unschuldig scheinen, kann und will ich nie glauben, daß du ein Weib seiest! Mache dich bereit, gerichtet zu werden, denn deine Mitteilungen haben mich nicht befriedigt!«

Da rief Eugenia: »So helfe mir Gott!« und riß ihr Mönchsgewand entzwei, bleich wie eine weiße Rose und in Scham und Verzweiflung zusammenbrechend. Aber Aquilinus fing sie in seinen Armen auf, drückte sie an sein Herz und umhüllte sie mit seinem Mantel, und seine Tränen fielen auf ihr schönes Haupt; denn er sah wohl, daß sie eine ehrbare Frau war. Er trug sie in das nächste Zimmer, wo ein reichgerüstetes Gastbett stand, legte sie sanft in dasselbe hinein und deckte sie mit Purpurdecken zu bis ans Kinn. Dann küßte er sie auf den Mund, vielleicht drei- oder viermal, ging hinaus und verschloß die Türe wohl. Dann nahm er den noch warmen Mönchshabit, der auf dem Boden lag, und begab sich wieder zu der harrenden Menge hinaus, die er also anredete: »Das sind merkwürdige Dinge! Ihr Mönche seid unschuldig und könnt nach eurem Kloster gehen! Euer Abt war ein Dämon, der euch verderben oder verführen wollte. Hier nehmt seine Kutte mit euch, und hängt sie zum Andenken irgendwo auf; denn nachdem er vor meinen Augen seine Gestalt ganz absonderlich verändert hat, ist er vor eben diesen Augen in ein Nichts zerflossen und spurlos verschwunden! Dies Weib aber, welches sich des Dämons bediente, euch zu verderben, ist der Zauberei verdächtig und soll ins Gefängnis geworfen werden. Und hiemit begebt euch allerseits nach Hause und seid guter Dinge!«

Alles erstaunte über diese Rede und schaute furchtsam auf das Gewand des Dämons. Die Witib erblaßte und verhüllte ihr Gesicht, wodurch sie genugsam ihr böses Gewissen zu erkennen gab. Die guten Mönche erfreuten sich ihres Sieges und zogen mit der leeren Kutte dankbarlichst von dannen, nicht ahnend, welch süßer Kern darin gesteckt habe. Die Witwe wurde ins Gefängnis abgeführt, und Aquilinus rief seinen vertrautesten Diener, mit welchem er die Stadt durchstreifte, Kaufleute aufsuchte und eine Last der köstlichsten Frauengewänder einkaufte. Diese mußte der Sklave so geheim und rasch als möglich ins Haus bringen.

Sachte trat der Konsul in das Gemach, wo Eugenia war, setzte sich auf den Rand ihres Bettes und sah, daß sie ganz vergnüglich schlief, wie jemand, der sich von ausgestandenen Beschwerden erholt. Er mußte lachen über ihren schwarzsamtenen geschorenen Mönchskopf und fuhr mit leiser Hand über das dichte kurze Haar. Da erwachte sie und sperrte die Augen auf.

»Willst du nun endlich mein Weib sein?« fragte er sanft, worauf sie weder ja noch nein sagte, wohl aber leise unter ihren Purpurdecken schauderte, in denen sie eingewickelt lag.

Da brachte Aquilinus an Kleidern und Schmuck alles herein, was eine zierliche Frau damals bedurfte, um sich vom Kopf bis zu den Füßen zu kleiden, und verließ sie sodann.

Nach Sonnenuntergang desselben Tages fuhr er mit ihr, einzig von dem Vertrauten begleitet, nach einem seiner Landhäuser hinaus, welches einsam und reizend im Schatten dichter Bäume gelegen war.

Auf dem Landhause vermählte sich nun das Paar in der größten Einsamkeit, und so lange es gedauert hatte, bis sie endlich zusammengekommen, so schien ihnen darum doch keine Zeit verloren zu sein, vielmehr empfanden sie die herzlichste Dankbarkeit für das Glück, das sie sich gegenseitig gewährten. Aquilinus widmete die Tage seinem Amte und fuhr des Abends mit den schnellsten Pferden zu seiner Gattin. Nur etwa an unfreundlichen stürmischen Regentagen liebte er es, unversehens schon früher nach dem Landhause zu eilen, um Eugenien aufzuheitern.

Diese gab sich jetzt, ohne viel Worte zu machen, mit eben der gründlichen Ausdauer, welche sie sonst der Philosophie und der christlichen Askese gewidmet, dem Studium ehelicher Liebe und Treue hin. Als aber ihr Haupthaar wieder die gehörige Länge erreicht hatte, führte Aquilinus seine Gemahlin mit Erfindung einer geschickten Fabel endlich nach Alexandrien zurück, brachte sie zu ihren erstaunten Eltern und feierte eine glänzende Hochzeit.

Der Vater war zwar überrascht, anstatt einer unsterblichen Göttin und eines himmlischen Sternbildes in seiner Tochter eine verliebte irdische Ehefrau wiederzufinden, und sah mit Wehmut die geweihte Bildsäule aus dem Tempel wegtragen; doch überwog löblicherweise das Vergnügen an seiner leibhaften Tochter, welche jetzt erst so schön und liebenswert erschien wie noch nie. Die Marmorstatue stellte Aquilinus in den schönsten Raum seines Hauses; doch hütete er sich, dieselbe nochmals zu küssen, da er nun das lebenswarme Urbild zur Hand hatte.

Nachdem nun Eugenia das Wesen der Ehe genugsam erkundet hatte, wandte sie ihre Erkenntnis dazu an, ihren Gemahl zum Christentume zu bekehren, dem sie nach wie vor anhing, und sie ruhte nicht eher, als bis Aquilinus sich öffentlich zu ihrem Glauben bekannte. Die Legende erzählt nun weiter, wie die ganze Familie nach Rom zurückkehrte um die Zeit, da der christenfeindliche Valerianus zur Regierung gelangte, und wie während der ausbrechenden Verfolgungen Eugenia noch eine berühmte Glaubensheldin und Märtyrin wurde, die erst jetzt ihre große Geistesstärke recht bewies.

Ihre Gewalt über Aquilinus war so groß geworden, daß sie auch die geistlichen Hyazinthen aus Alexandrien mit nach Rom nehmen konnte, allwo dieselben ebenfalls die Märtyrerkrone gewannen. Ihre Fürsprache soll namentlich für träge Schülerinnen gut sein, die in ihren Studien zurückgeblieben sind.

Die Jungfrau und der Teufel

> Freund! wach und schau dich um, der Teufel
> geht stets runden,
> Kommt er dir auf den Leib, so liegest du
> schon unten.
>
> *Angeli Silesii Cherub. Wandersmann,*
> *IV. Buch, 42*

Es war ein Graf Gebizo, der besaß eine wunderschöne Frau, eine prächtige Burg samt Stadt und so viele ansehnliche Güter, daß er für einen der reichsten und glücklichsten Herren im Lande galt. Diesen Ruf schien er denn auch dankbar anzuerkennen, indem er nicht nur eine glänzende Gastfreundschaft hielt, wobei sein schönes und gutes Weib gleich einer Sonne die Gemüter der Gäste erwärmte, sondern auch die christliche Wohltätigkeit im weitesten Umfang übte.

Er stiftete und begabte Klöster und Spitäler, schmückte Kirchen und Kapellen, und an allen hohen Festtagen kleidete, speiste und tränkte er eine große Zahl von Armen, manchmal zu Hunderten, und einige Dutzend mußten täglich, ja fast stündlich auf seinem Burghofe schmausend und ihn lobpreisend zu sehen sein, sonst hätte ihm seine Wohnung, so schön sie war, verödet geschienen.

Allein bei solch schrankenloser Freigebigkeit ist auch der größte Reichtum zu erschöpfen, und so kam es, daß der Graf nach und nach alle seine Herrschaften verpfänden mußte, um seinem Hange zu großartigem Wohltun zu frönen, und je mehr er sich verschuldete, desto eifriger verdoppelte er seine Vergabungen und Armenfeste, um dadurch den Segen des Himmels, wie er meinte, wieder zu seinen Gunsten zu wenden. Zuletzt verarmte er gänzlich, seine Burg verödete und verfiel; erfolglose und törichte Stiftungen und Schenkungsbriefe, welche er aus alter Gewohnheit immer noch zu schreiben nicht unterlassen konnte, trugen ihm nur Spott ein, und wenn er hie und da noch einen zerlumpten Bettler auf seine Burg locken konnte, so warf ihm dieser das magere Süppchen, das er ihm vorsetzte, mit höhnischen Schmähworten vor die Füße und machte sich davon.

Nur eines blieb sich immer gleich, die Schönheit seiner Frau Bertrade; ja, je öder es im Hause aussah, desto lichter schien diese Schönheit zu werden. Und auch an Huld, Liebe und Güte nahm sie zu, je ärmer Gebizo wurde, so daß aller Segen des Himmels sich in dies Weib zu legen schien und tausend Männer den Grafen um diesen einen Schatz, der ihm noch übrigblieb, beneideten. Er allein sah nichts von alledem, und je mehr sich die holde Bertrade bemühte, ihn aufzuheitern und seine Armut zu versüßen, desto geringer schätzte er dies Kleinod und verfiel in einen bittern und verstockten Trübsinn und verbarg sich vor der Welt.

Als einst ein herrlicher Ostermorgen anbrach, wo er sonst gewohnt war, fröhliche Scharen nach seiner Burg wallfahren zu sehen, schämte er sich seines Falles, daß er nicht einmal in die Kirche zu gehen wagte und in Verzweiflung war, wie er die schönen sonnigen Festtage zubringen sollte. Umsonst bat ihn sein Weib mit perlenden Tränen und mit lächelndem Munde, sich nicht zu grämen und unverzagt mit ihr zur Kirche zu gehen; er machte sich unwirsch los und ging auf und davon, sich in den Wäldern zu verbergen, bis Ostern vorbei wäre.

Bergauf und -ab lief er, bis er in eine uralte Wildnis kam, wo ungeheure bärtige Tannenbäume einen See umschlossen, dessen Tiefe die nächtigen Tannen ihrer ganzen Länge nach widerspiegelte, so daß alles düster und schwarz erschien. Die Erde um den See war dicht bedeckt mit abenteuerlichem langfransigem Moose, in welchem kein Tritt zu hören war.

Hier setzte sich Gebizo nieder und grollte mit Gott ob seinem elenden Geschicke, welches ihm nicht mehr erlaubte, seinen Hunger genugsam zu stillen, nachdem er Tausende mit Freuden gesättigt, und ihm überdies seine Werktätigkeit mit dem Hohn und Undank der Welt vergalt.

Unversehens gewahrte er mitten auf dem See einen Nachen und in demselben einen hochgewachsenen Mann. Da der See nur klein und leicht zu überblicken war, so konnte Gebizo nicht begreifen, wo der Fährmann auf einmal herkomme, da er ihn zuvor nirgends bemerkt; genug, er war jetzt da, tat einen einzigen Ruderschlag und landete alsbald dicht vor dem Ritter, und ehe dieser sich einen Gedanken machen konnte, fragte er ihn, warum er ein so schlimmes Gesicht in die Welt schneide? Weil der Fremde ungeachtet des sehr hübschen Äußern einen Zug gründlicher Unzufriedenheit um Mund und Augen hatte, erweckte dies das Vertrauen Gebizos, und er klagte unverhohlen sein Mißleiden und all seinen Groll.

»Du bist ein Tor«, sagte jener hierauf; »denn du besitzest einen Schatz, der größer ist als alles, was du verloren hast. Wenn ich dein Weib hätte, so wollte ich nach allen Reichtümern, Kirchen und Klöstern und nach allen Bettelleuten der Welt nichts fragen!«

»Gib mir diese Dinge wieder, und du kannst wohl mein Weib dafür haben!« erwiderte Gebizo bitter lachend, und jener rief blitzschnell: »Es gilt! Suche unter dem Kopfkissen deiner Frau, dort wirst du finden, was für deine ganze Lebenszeit ausreicht, alle Tage ein Kloster zu bauen und tausend Menschen zu speisen, und wenn du hundert Jahre alt würdest! Dafür bringe mir dein Weib hier zur Stelle, unfehlbar am Abend vor Walpurgistag!«

Es sprühte bei diesen Worten ein solches Feuer aus seinen dunklen Augen, daß davon zwei rötliche Lichter über den Rockärmel des Grafen und von da über Moos und Tannenstämme wegstreiften. Da sah Gebizo, wen er vor sich habe, und nahm das Anerbieten des Mannes an. Dieser rührte das Ruder und fuhr wieder auf die Mitte des Sees hinaus, wo er samt dem Schiffe im Wasser versank mit einem Getön, welches dem Gelächter von vielen ehernen Glocken ähnlich war.

Gebizo eilte mit einer Gänsehaut bekleidet auf dem geradesten Wege nach seiner Burg, untersuchte sogleich Bertradens Bett und fand unter ihrem Kopfkissen ein altes unscheinbares Buch, das er nicht lesen konnte. Wie er aber darin blätterte, fiel ein Goldstück nach dem andern heraus. Sobald er das merkte, machte er sich mit dem Buche in das tiefste Gewölbe eines Turmes und blätterte dort in aller Verborgenheit fürs erste, solange das Osterfest dauerte, einen hinreichenden Haufen Goldes aus dem interessanten Werke heraus.

Dann trat er wieder auf vor der Welt, lösete alle seine Besitzungen ein, rief Werkleute herbei, die sein Schloß herstellten, prächtiger, als es je gewesen, und spendete Wohltaten rings herum gleich einem Fürsten, der eben gekrönt worden ist. Das Hauptwerk aber war die Grundlegung einer mächtigen Abtei für fünfhundert der frömmsten und vornehmsten Kapitularen, eine ordentliche Stadt von Heiligen und Schriftgelehrten, in deren Mitte dereinst seine Begräbnisstätte sein sollte. Diese Vorsicht glaubte er seinem ewigen Seelenheil schuldig zu sein. Da über seine Frau anders verfügt war, so wurde eine Grabstätte für sie nicht vorgesehen.

Am Mittage vor Walpurgis befahl er zu satteln und gebot seiner schönen Frau, ihr weißes Jagdpferd zu besteigen, da sie einen weiten Weg mit ihm zu reiten hätte. Zugleich verbot er, daß irgendein Knappe oder Diener mitkäme. Eine große Angst befiel die Arme, sie zitterte an allen Gliedern und belog zum ersten Mal in ihrer Ehe den Gemahl, indem sie sich für unwohl ausgab und ihn bat, sie zu Hause zu lassen. Da sie kurz vorher halblaut ein wenig gesungen hatte, so ward Gebizo zornig über diese Lüge und glaubte nun ein doppeltes Recht über sie zu haben. Sie mußte, dazu noch möglichst wohl geschmückt, zu Pferde sitzen und ritt traurig mit ihrem Manne von dannen, ohne zu wissen, wohin es gehen sollte.

Als sie ungefähr die Hälfte des Weges zurückgelegt, kamen sie zu einem Kirchlein, das Bertrade in früheren Tagen so nebenbei einst gebaut und der Mutter Gottes gewidmet hatte. Es war einem armen Meister zu Gefallen geschehen, welchem wegen seiner mürrischen und unlieblichen Person niemand etwas zu tun gab, so daß auch Gebizo, dem jeder mit gefälligem und ehrerbietigem Wesen nahen mußte, ihn nicht leiden mochte und bei allen seinen Werken leer ausgehen ließ. Heimlich hatte sie das Kirchlein bauen lassen, und der verachtete Meister hatte gleichsam als Feierabendarbeit zum Dank noch ein gar eigentümlich anmutiges Marienbild selbst gearbeitet und auf den Altar gestellt.

In dieses Kirchlein begehrte jetzt Bertrade für einen Augenblick einzutreten, um ihr Gebet zu verrichten, und Gebizo ließ es geschehen; denn er dachte, sie könnte es wohl brauchen. Sie stieg also vom Pferde und ging, indessen der Mann draußen harrte, hinein, kniete vor dem

Altare nieder und empfahl sich in den Schutz der Jungfrau Maria. Da fiel sie in einen tiefen Schlaf; die Jungfrau sprang vom Altar herunter, nahm Gestalt und Kleidung der Schlafenden an, trat aus der Türe frischen Mutes und bestieg das Pferd, worauf sie an der Seite des Grafen und an Bertradens Statt den Weg fortsetzte.

Der Elende wollte sein Weib noch täuschen und, je näher sie dem Ziele kamen, mit um so größerer Freundlichkeit einschläfern und zerstreuen; und er redete deshalb über dieses und jenes mit ihr, und die Jungfrau gab ihm trauliche Antwort in süßem Geplauder, sich stellend, als ob sie alle Bangigkeit verlöre. So erreichten sie die dunkle Wildnis an dem See, über welchem falbe Abendwolken hingen; die alten Tannen blühten mit Purpurknospen, wie es nur in den üppigsten Frühlingen geschieht; im Dickicht schlug eine gespenstige Nachtigall so stark wie mit Orgelpfeifen und Cymbeln, und aus den Tannen ritt der bewußte Mann hervor auf einem schwarzen Hengst, in reicher ritterlicher Tracht, ein langes Schwert zur Seite.

Er näherte sich ganz manierlich, obgleich er einen so grimmigen Blick schnell auf Gebizo schoß, daß diesem die Haut schauderte; sonst schienen nicht einmal die Pferde Unheil zu wittern, denn sie blieben ruhig. Gebizo warf dem Fremden zitternd die Zügel seiner Frau zu und sprengte ohne sie von dannen und ohne sich nach ihr umzusehen. Der Fremde aber ergriff die Zügel mit hastiger Faust, und fort ging es wie ein Sturmwind durch die Tannen, daß Schleier und Gewand der schönen Ritterfrau flogen und flatterten, über Berg und Tal und über die fließenden Wasser, daß die Hufe der Pferde kaum die Schäume der Wellen berührten. Von sausendem Sturme gejagt, wälzte sich vor den Rossen her eine rosig duftende Wolke, die in der Dämmerung leuchtete, und jene Nachtigall flog unsichtbar vor dem Paare her und setzte sich da und dort auf einen Baum, singend, daß die Lüfte schallten.

Endlich nahmen alle Hügel und alle Bäume ein Ende, und die beiden ritten in eine endlose Heide hinein, in deren Mitte wie aus weiter Ferne die Nachtigall schlug, obgleich weder Strauch noch Zweig zu ahnen war, auf dem sie hätte sitzen können.

Unversehens hielt der Reiter an, sprang vom Pferde und half der Dame mit den Gebärden eines vollkommenen Ritters aus dem Sattel. Kaum berührte ihr Fuß die Heide, so entsproß rings um das Paar ein mannshoher Rosengarten mit einem herrlichen Brunnen und Ruhesitz, über welchem ein Sternenhimmel funkelte, so hell, daß man bei seinem Lichte hätte lesen können. Der Brunnen aber bestand aus einer großen runden Schale, in welcher einige Teufel in der Weise, wie man heutzutage lebende Bilder macht, eine verführerische weiße Marmorgruppe schöner Nymphen bildeten oder darstellten. Sie gossen schimmerndes Wasser aus ihren hohlen Händen, wo sie es hernahmen, wußte nur ihr Herr und Meister; das Wasser machte die lieblichste Musik, denn jeder Strahl gab einen andern Ton, und das Ganze schien gestimmt wie ein Saitenspiel. Es war sozusagen eine Wasserharmonika, deren Akkorde alle Süßigkeiten der ersten Mainacht durchbebten und mit den reizenden Formen der Nymphengruppe ineinanderflossen; denn das lebende Bild stand nicht still, sondern wandelte und drehte sich unvermerkt.

Nicht ohne feine Bewegung führte der seltsame Herr die Frau zu dem Ruhesitz und lud sie ein, Platz zu nehmen; dann aber ergriff er gewaltsam zärtlich ihre Hand und sagte mit einer das Mark erschütternden Stimme: »Ich bin der ewig Einsame, der aus dem Himmel fiel! Nur die Minne eines guten irdischen Weibes in der Mainacht läßt mich das Paradies vergessen und gibt mir Kraft, den ewigen Untergang zu tragen. Sei mit mir zu zweit, und ich will dich unsterblich machen und dir die Macht geben, Gutes zu tun und Böses zu hindern, soviel es dich freut!«

Er warf sich leidenschaftlich an die Brust des schönen Weibes, welches seine Arme lächelnd öffnete; aber in demselben Augenblicke nahm die Heilige Jungfrau ihre göttliche Gestalt an und schloß den Betrüger, der nun gefangen war, mit aller Gewalt in ihre leuchtenden Arme. Augenblicklich verschwand der Garten samt Brunnen und Nachtigall, die kunstreichen Dämonen, so das lebende Bild gemacht, entflohen als üble Geister mit ängstlichem Wimmern, ihren Herren im Stich lassend, und dieser rang mit Titanengewalt, sich aus der qualvollen Umarmung loszuwinden, ohne einen Laut zu verlieren.

Die Jungfrau hielt sich aber tapfer und entließ ihn nicht, obgleich sie alle Kraft zusammennehmen mußte; sie hatte nichts Minderes im Sinn, als den überlisteten Teufel vor den Himmel zu tragen und ihn dort in all seinem Elend zum Gelächter der Seligen an einen Türpfosten zu binden.

Allein der Böse änderte seine Kampfweise, hielt sich ein Weilchen still und nahm die Schönheit an, welche er einst als der schönste Engel besessen, so daß es der himmlischen Schönheit Marias naheging. Sie erhöhte sich soviel als möglich; aber wenn sie glänzte wie Venus, der schöne Abendstern, so leuchtete jener wie Luzifer, der helle Morgenstern, so daß auf der dunkeln Heide ein Leuchten begann, als wären die Himmel selbst herniedergestiegen.

Als die Jungfrau merkte, daß sie zuviel unternommen und ihre Kräfte schwanden, begnügte sie sich, den Feind gegen Verzicht auf die Grafenfrau zu entlassen, und alsbald fuhren die himmlische und die höllische Schönheit auseinander mit großer Gewalt. Die Jungfrau begab sich etwas ermüdet nach ihrem Kirchlein zurück; der Böse hingegen, unfähig, länger irgendeine Verwandlung zu tragen, und wie an allen Gliedern zermalmt, schleppte sich in grausig dürftiger Gestalt, wie der leibhafte geschwänzte Gram, im Sande davon. So übel war ihm das vorgehabte Schäferstündchen bekommen!

Gebizo indessen, nachdem er sein liebliches Weib verlassen, war in der beginnenden Nacht irrgeritten und Roß und Mann in eine Kluft gestürzt, wo er den Kopf an einem Steine zerschellte, so daß er stracks aus dem Leben schwand.

Bertrade dagegen verharrte in ihrem Schlafe, bis die Sonne des ersten Maitages aufging; da erwachte sie und verwunderte sich über die verflossene Zeit. Doch sagte sie gleich ihr Ave Maria, und als sie gesund und munter vor das Kirchlein trat, stand ihr Pferd davor, wie sie es verlassen. Sie wartete nicht lang auf ihren Gemahl, sondern ritt froh und eilig nach Hause; denn sie ahnte, daß sie irgendeiner großen Gefahr entgangen sei.

Bald fand und brachte man die Leiche des Grafen. Bertrade ließ ihn mit allen Ehren bestatten und stiftete unzählige Messen für ihn. Aber alle Liebe zu ihm war unerklärlicherweise für sie aus ihrem Herzen weggetilgt, obgleich dasselbe so freundlich und zärtlich blieb, als es je gewesen. Deshalb sah sich ihre hohe Gönnerin im Himmel nach einem andern Manne für sie um, der solch anmutiger Liebe würdiger wäre als jener tote Gebizo, und diese Sache begab sich, wie in der folgenden Legende geschrieben steht.

Die Jungfrau als Ritter

> Maria wird genennt ein Thron und Gott's Gezelt,
> Ein Arche, Burg, Turm, Haus, ein Brunn,
> Baum, Garten, Spiegel,
> Ein Meer, ein Stern, der Mond, die Morgenröt',
> ein Hügel:
> Wie kann sie alles sein? sie ist ein' andre Welt.

> *Angeli Silesii Cherub. Wandersmann,*
> *IV. Buch, 42*

Gebizo hatte zu seinen früheren Besitzungen noch so viele neue erworben, daß Bertrade über eine bedeutende Grafschaft gebot und sowohl ihres Reichtums als ihrer Schönheit wegen im deutschen Reiche berühmt wurde. Da sie zugleich eine große Bescheidenheit und Freundlichkeit gegen jedermann kundtat, so schien das Kleinod ihrer Person allen unternehmenden und schüchternen, kühnen und furchtsamen, großen und kleinen Edelleuten gleich leicht zu gewinnen, und männiglich, wer sie einigemal gesehen, wunderte sich, warum er sie eigentlich nicht schon an der Hand hatte. Dennoch war mehr als ein Jahr verflossen, ohne daß man von einem vernahm, der wirkliche Hoffnung gewonnen.

Auch der Kaiser hörte von ihr, und da er wünschte, daß ein so ansehnliches Lehen in die Hand eines rechten Mannes käme, beschloß er, auf einer Reise die berühmte Witwe zu besuchen, und zeigte ihr dies in einem gar wohlgeneigten und freundlichen Briefe an. Diesen gab er einem jungen Ritter Zendelwald, welcher gerade des Weges zu reiten hatte. Der wurde von Bertrade huldreich empfangen und bewirtet wie jeder, der auf ihrer Burg einkehrte; er besah sich ehrerbietig die herrlichen Säle, Zinnen und Gärten und verliebte sich nebenbei heftig in die Besitzerin. Doch blieb er um deswillen nicht eine Stunde länger auf der Burg, sondern als er seinen Auftrag verrichtet und alles gesehen, nahm er kurzen Abschied von der Frau und ritt von dannen, der einzige von allen, die je hier gewesen, der nicht daran dachte, diesen Preis erringen zu können.

Überdies war er träg in Handlungen und Worten. Wenn sein Geist und sein Herz sich eines Dinges bemächtigt hatten, was immer vollständig und mit Feuer geschah, so brachte es Zendelwald nicht über sich, den ersten Schritt zu einer Verwirklichung zu tun, da die Sache für ihn abgemacht schien, wenn er inwendig damit im reinen war. Obgleich er sich gern unterhielt, wo es nicht etwa galt, etwas zu erreichen, redete er doch nie ein Wort zur rechten Zeit, welches ihm Glück gebracht hätte. Aber nicht nur seinem Munde, auch seiner Hand waren seine Gedanken so voraus, daß er im Kampfe von seinen Feinden öfters beinahe besiegt wurde, weil er zögerte, den letzten Streich zu tun, den Gegner schon im voraus zu seinen Füßen sehend. Deshalb erregte seine Kampfweise auf allen Turnieren Verwunderung, indem er stets zuerst sich kaum rührte und nur in der größten Not mit einem tüchtigen Ruck obsiegte.

In voller Gedankenarbeit, deren Gegenstand die schöne Bertrade war, ritt dieser Zendelwald jetzt nach seinem Heimatschlößchen, das in einem einsamen Bergwalde lag. Nur wenige Köhler und Holzschläger waren seine Untertanen, und seine Mutter harrte daher jedesmal seiner Rückkunft mit bitterer Ungeduld, ob er jetzt endlich das Glück nach Hause bringe.

So lässig Zendelwald war, so handlich und entschlossen war seine Mutter, ohne daß es ihr viel genützt hätte, da sie ihrerseits diese Eigenschaft ebenfalls jederzeit übertrieben geltend gemacht und daher zur Zwecklosigkeit umgewandelt hatte. In ihrer Jugend hatte sie so bald als möglich an den Mann zu kommen gesucht und mehrere Gelegenheiten so schnell und eifrig überhetzt, daß sie in der Eile gerade die schlechteste Wahl traf in der Person eines unbedachten und tollkühnen Gesellen, der sein Erbe durchjagte, einen frühzeitigen Tod fand und ihr nichts als ein langes Witwentum, Armut und einen Sohn hinterließ, der sich nicht rühren wollte, das Glück zu erhaschen.

Die einzige Nahrung der kleinen Familie bestand aus der Milch einiger Ziegen, Waldfrüchten und aus Wild. Zendelwalds Mutter war eine vollkommene Jägerin und schoß mit der Armbrust wilde Tauben und Waldhühner nach Gelüsten; auch fischte sie Forellen aus den Bächen und pflasterte eigenhändig das Schlößchen mit Kalk und Steinen, wo es schadhaft geworden. Eben kehrte sie mit einem erlegten Hasen heim und schaute, als sie das Tier vor das Fenster ihrer hochgelegenen Küche hing, nochmals ins Tal hinaus; da sah sie ihren Sohn den Weg heraufreiten und ließ freudig die Brücke nieder, weil er seit Monaten fortgewesen.

Sogleich begann sie zu forschen, ob er nicht irgendein Schwänzchen oder eine Feder des Glückes erwischt und mitgebracht hätte, woran sich klüglich zu halten wäre, und als er die wie gewöhnlich unerheblichen Ergebnisse seiner letzten Kriegsfahrt erzählte, schüttelte sie schon zornig den Kopf; als er aber vollends seiner Botschaft zur reichen und reizenden Bertrade erwähnte und deren Huld und Schönheit rühmte, da schalt sie ihn einen Faulpelz und Bärenhäuter wegen seines schimpflichen Abzuges. Bald sah sie auch, daß Zendelwald an nichts dachte als an die ferne Herrenfrau, und nun wurde sie erst recht ungeduldig über ihn, da er mit einer so trefflichen Leidenschaft im Herzen gar nichts anzuwenden wüßte, während ihm die schwere Verliebtheit eher ein Hemmnis als ein Antrieb zum Handeln war.

So hatte er nicht die besten Tage; die Mutter schmollte mit ihm, und aus Ärger, um sich zu zerstreuen, besserte sie das zerfallende Dach des Schloßturmes aus, so daß es dem guten Zendelwald angst und bange ward, als er sie oben herumklettern sah. Unwirsch warf sie die zerbrochenen Ziegel herunter und hätte fast einen fremden Reitersmann totgeschmissen, welcher eben in das Tor zog, um sich ein Nachtlager auszubitten.

Es gelang diesem aber, die Freundlichkeit der herben Dame zu wecken, als er beim Abendbrot viel gute Dinge erzählte und besonders, wie der Kaiser soeben auf der großen Burg der schönen Witwe weile, wo ein Fest das andere dränge und die wonnige Frau vom Kaiser und seinen Herren unablässig bestürmt werde, unter diesen sich einen Gemahl zu wählen. Sie habe aber den Ausweg ergriffen, ein großes Turnier auszuschreiben und dem Sieger über alle ihre Hand zu reichen, fest vertrauend, daß ihre Beschützerin, die göttliche Jungfrau, sich ins Mittel legen und dem Rechten, der ihr gebühre, den Arm zum Siege lenken werde.

»Das wäre nun eine Unternehmung für Euch«, schloß der Mann, sich an Zendelwald wendend, »ein so hübscher junger Ritter sollte sich recht daran hinmachen, das Beste zu erwerben, was es nach irdischen Begriffen in diesen Zeitläufen gibt; auch sagt man allgemein, die Frau hoffe, es werde sich auf diesem Wege irgendein unbekanntes Glück für sie einfinden, so ein armer tugendlicher Held, welchen sie alsdann recht hätscheln könnte, und die großen bekannten Grafen und eiteln Freier seien ihr alle zuwider.«

Als der Fremde weggeritten war, sagte die Mutter: »Nun will ich wetten, daß niemand anders als Bertrade selbst diesen Boten hergesandt hat, dich auf die richtige Spur zu locken, mein lieber Zendelwald! Das ist mit Händen zu greifen; was hätte der Kauz, der unser letztes Krüglein Wein zu sich genommen hat, sonst zu tun und zu reisen in diesem Wald?«

Der Sohn fing über ihre Worte mächtig an zu lachen und lachte immer stärker, teils über die offenbare Unmöglichkeit der mütterlichen Einbildungen, teils weil ihm diese Einbildungen doch wohlgefielen. Der bloße Gedanke, Bertrade könnte wünschen, seiner habhaft zu werden, ließ ihn nicht aus dem Lachen herauskommen. Doch die Mutter, welche glaubte, er lache, um sie zu verspotten, geriet in Zorn und rief: »So höre denn! Meinen Fluch gebe ich dir, wenn du mir nicht gehorchst und dich von Stund an auf den Weg machst, jenes Glück zu erwerben! Ohne dasselbe kehre nicht zurück, ich mag dich dann nie wiedersehen! Oder wenn du dennoch kommst, so nehme ich mein Schießzeug und gehe selbst fort, ein Grab zu suchen, wo ich von deiner Dummheit unbelästigt bin!«

So hatte Zendelwald nun keine Wahl; um des lieben Friedens willen rüstete er seufzend seine Waffen und ritt in Gottes Namen in der Richtung nach Bertradens Wohnsitz hin, ohne daß er überzeugt war, wirklich dort anzukommen. Doch hielt er den Weg so ziemlich inne, und je näher er dem Ziele kam, um so deutlicher gestaltete sich der Gedanke, daß er das Ding eigentlich wohl unternehmen könnte, so gut wie ein anderer, und wenn er mit den Rivalen fertig geworden sei, so werde es den Kopf auch nicht kosten, mit der schönen Frau ein Tänzchen zu wagen. Zug für Zug fand jetzt in seiner Vorstellung das Abenteuer statt und verlief auf das beste, ja er hielt bereits tagelang, während er durch das sommergrüne Land ritt, süße Zwiegespräche mit der Geliebten, worin er ihr die schönsten Erfindungen vorsagte, daß ihr Antlitz in holder Freude sich rötete, alles dies in seinen Gedanken.

Als er eben wieder eine erfreuliche Begebenheit innerlich ausmalte, sah er in Wirklichkeit an einem blauen Höhenzuge die Türme und Zinnen der Burg in der Morgensonne erglänzen und die vergoldeten Geländer aus der Ferne herüberfunkeln und erschrak so darüber, daß all sein Traumwerk zerstob und nur ein zages unschlüssiges Herz zurückließ.

Unwillkürlich hielt er das Pferd an und schaute, nach Art der Zauderer, rings nach einer Zuflucht aus. Da gewahrte er ein zierliches Kirchlein, das nämliche, welches einst Bertrade der Mutter Gottes erbaut und in welchem sie jenen Schlaf getan hatte. Sogleich beschloß er, da einzukehren und sich vor dem Altare ein wenig zu sammeln, besonders da es der Tag war, an welchem das Turnier abgehalten wurde.

Eben sang der Priester die Messe, welcher bloß zwei oder drei arme Leute beiwohnten, so daß der Ritter der kleinen Gemeinde zur nicht geringen Zierde gereichte; als aber alles vorbei war und Pfaff und Küster das Kirchlein verlassen, fühlte Zendelwald sich so wohl in diesem Aufenthalt, daß er ganz gemächlich einschlief und Turnier und Geliebte vergaß, wenn er nicht davon träumte.

Da stieg die Jungfrau Maria wieder von ihrem Altare herunter, nahm seine Gestalt und Waffenrüstung an, bestieg sein Pferd und ritt, geschlossenen Helmes, eine kühne Brunhilde, an Zendelwalds Statt nach der Burg.

Als sie eine Weile geritten, lag am Wege ein Haufen grauen Schuttes und verdorrten Reisigs. Das kam der aufmerksamen Jungfrau verdächtig vor, und sie bemerkte auch, daß etwas wie das Schwanzende einer Schlange aus dem Wirrsal hervorguckte. Da sah sie, daß es der Teufel war, welcher, noch immer verliebt, auch in der Nähe der Burg herumgeschlichen und sich vor der Jungfrau schnell in das Gerölle versteckt hatte. Scheinbar achtlos ritt sie vorüber, ließ aber geschickt das Pferd einen kleinen Seitensprung tun, so daß es mit dem Hinterhufe auf jenes verdächtige Schwanzende trat. Pfeifend fuhr der Böse hervor und davon und machte sich in dieser Angelegenheit nicht mehr bemerklich.

Durch das kleine Abenteuer erheitert, ritt sie voll guten Mutes vollends auf die Burg Bertrades, wo sie eben ankam, als die zwei stärksten Kämpen übriggeblieben, um die Entscheidung unter sich herbeizuführen.

Langsam und in nachlässiger Haltung, ganz wie Zendelwald, ritt sie auf den Platz und schien unentschlossen, ob sie sich beteiligen wolle oder nicht.

»Da kommt noch der träge Zendelwald«, hieß es, und die zwei starken Ritter sagten: »Was will uns der? Laß uns ihn noch schnell abtun, ehe wir's unter uns ausmachen!«

Der eine nannte sich »Guhl der Geschwinde«. Er pflegte sich mit seinem Rosse wie ein Wirbelwind herumzutummeln und suchte seine Gegner mit hundert Streichen und Listen zu verwirren und zu besiegen. Mit ihm mußte der vermeintliche Zendelwald zuerst den Kampf bestehen. Er trug einen pechschwarzen Schnurrbart, dessen Spitzen so steif gedreht waagrecht in die Luft ragten, daß zwei silberne Glöckchen, die daran hingen, sie nicht zu biegen vermochten und fortwährend klingelten, wenn er den Kopf bewegte. Dies nannte er das Geläute des Schreckens für seine Feinde, des Wohlgefallens für seine Dame! Sein Schild glänzte, je nachdem er ihn drehte, bald in dieser, bald in jener Farbe, und er wußte diesen Wechsel so rasch zu handhaben, daß das Auge davon geblendet wurde. Sein Helmbusch bestand aus einem ungeheuern Hahnenschwanz.

Der andere starke Ritter nannte sich »Maus der Zahllose«, womit er zu verstehen gab, daß er einem ungezählten Heere gleichzuachten sei. Zum Zeichen seiner Stärke hatte er die aus seinen Naslöchern hervorstehenden Haare etwa sechs Zoll lang wachsen lassen und in zwei Zöpfchen geflochten, welche ihm über den Mund herabhingen und an den Enden mit zierlichen roten Bandschleifchen geschmückt waren. Er trug einen großen weiten Mantel über seiner Rüstung, der ihn fast samt dem Pferde verhüllte und aus tausend Mausfellchen künstlich zusammengenäht war. Als Helmzierde überschatteten ihn die mächtig ausgebreiteten Flügel einer Fledermaus, unter welchen er drohende Blicke aus geschlitzten Augen hervorsandte.

Als nun das Signal zum Kampfe mit Guhl dem Geschwinden gegeben wurde, ritt dieser gegen die Jungfrau heran und umkreiste sie mit immer größerer Schnelligkeit, sie mit seinem Schilde zu blenden suchend und mit der Lanze hundert Stöße nach ihr führend. Inzwischen verharrte die Jungfrau immer auf derselben Stelle in der Mitte des Turnierplatzes und schien nur die Angriffe mit Schild und Speer abzuwehren, wobei sie mit großer Kunst das Pferd auf den Hinterfüßen sich drehen ließ, so daß sie stets dem Feinde das Angesicht zuwendete. Als Guhl das bemerkte, ritt er plötzlich weit weg, kehrte dann um und rannte mit eingelegter Lanze auf sie ein, um sie über den Haufen zu stechen. Unbeweglich erwartete ihn die Jungfrau; aber Mann und Pferd schienen von Erz, so fest standen sie da, und der arme Kerl, der nicht wußte, daß er mit einer höhern Gewalt stritt, flog unversehens, als er auf ihren Speer rannte, während der seinige wie ein Halm an ihrem Schilde zerbrach, aus dem Sattel und lag auf der Erde. Unverweilt sprang die Jungfrau vom Pferde, kniete ihm auf die Brust, daß er unter der gewaltigen Stärke sich nicht rühren konnte, und schnitt ihm mit ihrem Dolche die beiden Schnäuze mit den Silberglöcklein ab, welche sie an ihrem Wehrgehänge befestigte, indessen die Fanfaren sie oder vielmehr den Zendelwald als Sieger begrüßten.

Nun kam Ritter Maus der Zahllose an den Tanz. Gewaltig sprengte er einher, daß sein Mantel wie eine unheildrohende graue Wolke in der Luft schwebte. Allein die Jungfrau-Zendelwald, welche sich erst jetzt an dem Kampfe zu erwärmen schien, sprengte ihm ebenso rüstig entgegen, warf ihn auf den ersten Stoß mit Leichtigkeit aus dem Sattel und sprang, als Maus sich rasch erhob und das Schwert zog, ebenfalls vom Pferde, um zu Fuße mit ihm zu kämpfen. Bald aber war er betäubt von den raschen Schlägen, mit denen ihr Schwert ihm auf Haupt und Schultern fiel, und er hielt mit der Linken seinen Mantel vor, um sich dahinter zu verbergen und ihn dem Gegner bei günstiger Gelegenheit über den Kopf zu werfen. Da fing die Jungfrau mit der Spitze ihres Schwertes einen Zipfel des Mantels und wikkelte Maus den Zahllosen mit solch zierlicher Schnelligkeit selbst vom Kopf bis zum Fuße in den Mantel ein, daß er in kurzer Zeit wie eine von einer Spinne eingesponnene ungeheure Wespe aussah und zuckend auf der Erde lag.

Nun zerdrasch ihn die Jungfrau mit der flachen Klinge und mit solcher Behendigkeit, daß der Mantel sich in seine ursprünglichen Bestandteile auflöste und die umherstäubenden Mäusepelzchen unter dem allgemeinen Gelächter der Zuschauer die Luft verfinsterten, während der Ritter allmählich wieder zutage kam und als ein geschlagener Mann davonhinkte, nachdem sein Besieger ihm die bebänderten Zöpfchen abgeschnitten hatte.

So war denn die Jungfrau als Zendelwald der letzte Sieger auf dem Platze.

Sie schlug nun das Visier auf, schritt hinauf zur Königin des Festes, beugte das Knie und legte die Siegestrophäen zu deren Füßen. Dann erhob sie sich und stellte einen Zendelwald dar, wie dieser gewöhnlich zu blöde war, es zu sein. Ohne indessen seiner Bescheidenheit zuviel zu vergeben, grüßte sie Bertraden mit einem Blicke, dessen Wirkung auf ein Frauenherz sie wohl kannte; kurz, sie wußte sich als Liebhaber wie als Ritter so zu benehmen, daß Bertrade ihr Wort nicht zurücknahm, sondern dem Zureden des Kaisers, der am Ende froh war, einen so tapfern und edlen Mann mächtig zu sehen, ein williges Ohr lieh.

Es geschah jetzt ein großer Festzug nach dem hochragenden Lindengarten, in welchem das Bankett bereitet war. Dort saß Bertrade zwischen dem Kaiser und ihrem Zendelwald; aber es schien gut, daß jenem für eine zweite muntere Nachbarin gesorgt worden; denn dieser ließ seiner Braut nicht viel Zeit, mit andern zu sprechen, so geschickt und zärtlich unterhielt er sie. Er sagte ihr augenscheinlich die feinsten Dinge, da sie einmal um das andere glückselig errötete. Heitere Wonne verbreitete sich über alle; in den grünen Laubgewölben in der Höhe sangen die Vögel um die Wette mit den Musikinstrumenten, ein Schmetterling setzte sich auf die goldene Krone des Kaisers, und die Weinpokale dufteten wie durch einen besonderen Segen gleich Veilchen und Reseda.

Aber vor allen fühlte sich Bertrade so glücklich, daß sie, während Zendelwald sie bei der Hand hielt, in ihrem Herzen ihrer göttlichen Beschützerin gedachte und derselben ein heißes stilles Dankgebet abstattete. Die Jungfrau Maria, welche ja als Zendelwald neben ihr saß, las dies Gebet in ihrem Herzen und war so erfreut über die fromme Dankbarkeit ihres Schützlings, daß sie Bertraden zärtlich umfing und einen Kuß auf ihre Lippen drückte, der begreiflicherweise das holde Weib mit himmlischer Seligkeit erfüllte; denn wenn die Himmlischen einmal Zuckerzeug backen, so gerät es zur Süße.

Der Kaiser aber und die übrige Gesellschaft riefen dem vermeintlichen Zendelwald ihren Beifall zu, erhoben die Becher und tranken auf das Wohl des schönen Paares.

Indessen erwachte der wirkliche Zendelwald aus seinem unzeitigen Schlafe und fand die Sonne so stark vorgeschritten, daß das Turnier wohl vorbei sein mußte. Obgleich er nun des Handelns glücklich enthoben war, fühlte er sich doch sehr unglücklich und traurig, denn er hätte doch die Frau Bertrade gar zu gerne geheiratet. Auch durfte er jetzt nicht mehr zu seiner Mutter zurückkehren, und so entschloß er sich, eine immerwährende freudlose Irrfahrt anzutreten, bis ihn der Tod von seinem unnützen Dasein erlösen würde. Nur wollte er vorher noch einmal die Geliebte sehen und sich ihr Bild für die übrigen Tage einprägen, damit er stets wüßte, was er verscherzt habe.

Er legte also den Weg bis zur Burg vollends zurück. Als er das Menschengedränge erreichte, hörte er überall das Lob und das Glück eines armen Ritters Zendelwald ausrufen, der den Preis errungen habe, und bitterlich neugierig, wer dieser glückliche Namensvetter sein möge, stieg er vom Pferde und drängte sich durch die Menge, bis er am Rande des Gartens einen Platz gewinnen konnte, und zwar an einer erhöhten Stelle, wo er das ganze Fest übersah.

Da erblickte er in Schmuck und Glanz und unweit der funkelnden Krone des Königs das in Glück strahlende Antlitz der Geliebten, aber Haupt an Haupt bei ihr zu seinem bleichen Erstaunen seine eigene Person, wie er leibte und lebte. Wie leblos starrte er hin, just sah er seinen Doppelgänger die fromme Braut umfangen und küssen; da schritt er, unbeachtet in der allgemeinen Freude, unaufhaltsam durch die Reihen, bis er dicht hinter dem Paare stand, von seltsamer Eifersucht gepeinigt. In demselben Augenblicke war sein Ebenbild von Bertrades Seite verschwunden, und diese sah sich erschrocken nach ihm um. Als sie aber Zendelwald hinter sich sah, lachte sie voll Freuden und sagte: »Wo willst du hin? Komm, bleibe fein bei mir!« Und sie ergriff seine Hand und zog ihn an ihre Seite.

So saß er denn, und um den vermeintlichen Traum recht zu probieren, ergriff er den vor ihm stehenden Becher und leerte ihn auf einen Zug. Der Wein hielt Stich und strömte ein zuversichtliches Leben in seine Adern; wohlaufgelegt wandte er sich zum lächelnden Weibe und sah ihr in die Augen, worauf diese zufrieden die trauliche Unterhaltung fortsetzte, in welcher sie vorhin unterbrochen worden war. Allein Zendelwald wußte nicht, wie ihm geschah, als Bertrade ihm wohlbekannte Worte sprach, auf welche er einige Male, ohne sich zu besinnen, Worte erwiderte, die er auch schon irgendwo gesprochen hatte; ja, nach einiger Zeit merkte er, daß sein Vorgänger genau das nämliche Gespräch mit ihr geführt haben mußte, welches er während der Reisetage phantasierend ausgedacht hatte und welches er jetzt bedächtig fortsetzte, um zu sehen, welches Ende das Spiel eigentlich nehmen wolle.

Aber es nahm kein Ende, vielmehr wurde es immer erbaulicher; denn als die Sonne niederging, wurden Fackeln angezündet, und die ganze Versammlung zog auf den größten Saal der Burg, um dort des Tanzes zu pflegen. Nachdem der Kaiser den ersten Gang mit der Braut getan, nahm Zendelwald sie in den Arm und tanzte mit ihr drei- oder viermal um den Saal, bis die Erglühende ihn plötzlich bei der Hand nahm und zur Seite führte in ein stilles Erkergemach, das vom Mondschein erfüllt war. Dort warf sie sich an seine Brust, streichelte ihm den blonden Bart und dankte ihm für sein Kommen und seine Neigung. Der ehrliche Zendelwald aber wollte jetzt wissen, ob er träume oder wache, und befragte sie um den richtigen Sachverhalt, besonders was seinen Doppelgänger betraf. Sie verstand ihn lange nicht; doch ein Wort gab das andere, Zendelwald sagte, so und so ist es mir ergangen, und erzählte seine ganze Fahrt, von seiner Einkehr in das Kirchlein und wie er eingeschlafen sei und das Turnier versäumt habe.

Da ward Bertraden die Sache soweit klar, daß sie abermals die Hand ihrer gnädigen Patronin erblickte. Jetzt erst aber durfte sie den wackern Ritter keck als eine Himmelsgabe betrachten, und sie war dankbar genug, das handfeste Geschenk recht ans Herz zu drücken und demselben den süßen Kuß vollwichtig zurückzugeben, den sie vom Himmel selbst empfangen.

Von jetzt an verließ aber den Ritter Zendelwald alle seine Trägheit und träumerische Unentschlossenheit; er tat und redete alles zur rechten Zeit, vor der zärtlichen Bertrade sowohl als vor der übrigen Welt, und wurde ein ganzer Mann im Reiche, so daß der Kaiser ebenso zufrieden mit ihm war als seine Gemahlin.

Zendelwalds Mutter aber erschien bei der Hochzeit hoch zu Roß und so stolz, als ob sie zeitlebens im Glück gesessen hätte. Sie verwaltete Geld und Gut und jagte bis in ihr hohes Alter in den weitläufigen Forsten, während Bertrade es sich nicht nehmen ließ, sich alljährlich einmal von Zendelwald in dessen einsames Heimatschlößchen bringen zu lassen, wo sie auf dem grauen Turme mit ihrem Liebsten so zärtlich horstete wie die wilden Tauben auf den Bäumen umher. Aber niemals unterließen sie, unterwegs in jenes Kirchlein zu treten und ihr Gebet zu verrichten vor der Jungfrau, die auf ihrem Altar so still und heilig stand, als ob sie nie von demselben heruntergestiegen wäre.

Die Jungfrau und die Nonne

> Wer gibt mir Taubenflügel, daß
> ich auffliege und Ruhe finde.
>
> *Ps. 55, 7*

Ein Kloster lag weit ausschauend auf einem Berge, und seine Mauern glänzten über die Lande. Innen aber war es voll Frauen, schöne und nicht schöne, welche alle nach strenger Regel dem Herren dienten und seiner jungfräulichen Mutter.

Die schönste von den Nonnen hieß Beatrix und war die Küsterin des Klosters. Herrlich gewachsen von Gestalt, tat sie edlen Ganges ihren Dienst, besorgte Chor und Altar, waltete in der Sakristei und läutete die Glocke vor dem Morgenrot und wenn der Abendstern aufging.

Aber dazwischen schaute sie vielmal feuchten Blickes in das Weben der blauen Gefilde; sie sah Waffen funkeln, hörte das Horn der Jäger aus den Wäldern und den hellen Ruf der Männer, und ihre Brust war voll Sehnsucht nach der Welt.

Als sie ihr Verlangen nicht länger bezwingen konnte, stand sie in einer mondhellen Juninacht auf, bekleidete sich mit neuen starken Schuhen und trat vor den Altar, zum Wandern gerüstet. »Ich habe dir nun manches Jahr treu gedient«, sagte sie zur Jungfrau Maria, »aber jetzt nimm du die Schlüssel zu dir, denn ich vermag die Glut in meinem Herzen nicht länger zu ertragen!« Hierauf legte sie ihren Schlüsselbund auf den Altar und ging aus dem Kloster hinaus. Sie stieg hernieder durch die Einsamkeit des Berges und wanderte, bis sie in einem Eichenwalde auf einen Kreuzweg gelangte, wo sie unschlüssig, nach welcher Seite sie sich wenden sollte, sich an einem Quell niedersetzte, der da für die Vorüberziehenden in Stein gefaßt und mit einer Bank versehen war. Dort saß sie, bis die Sonne aufging, und wurde feucht vom fallenden Tau.

Da kam die Sonne über die Baumkronen, und ihre ersten Strahlen, welche durch die Waldstraße schossen, trafen einen prächtigen Ritter, der völlig allein in seinen Waffen dahergeritten kam. Die Nonne schaute aus ihren schönen Augen, so stark sie konnte, und verlor keinen Zoll von der mannhaften Erscheinung; aber sie hielt sich so still, daß der Ritter sie nicht gesehen, wenn nicht das Geräusch des Brunnens sein Ohr berührt und sein Auge hingelenkt hätte. Sogleich bog er seitwärts nach dem Quell, stieg vom Pferde und ließ es trinken, während er die Nonne ehrerbietig begrüßte. Es war ein Kreuzfahrer, welcher nach langer Abwesenheit einsam heimwärts zog, nachdem er alle seine Leute verloren.

Trotz seiner Ehrerbietung wandte er aber kein Auge von der Schönheit der Beatrix, welche ihrerseits es ebenso hielt und den Kriegsmann nach wie vor anstaunte; denn das war ein beträchtliches Stück von der Welt, nach der sie sich schon lange im stillen gesehnt hatte. Doch jählings schlug sie die Augen nieder und schämte sich. Endlich fragte sie der Ritter, welchen Weges sie zöge und ob er ihr in etwas dienen könne?

Der volle Klang seiner Worte schreckte sie auf; sie sah ihn abermals an, und betört von seinen Blicken gestand sie, daß sie dem Kloster entflohen sei, um die Welt zu sehen, daß sie sich aber schon fürchte und weder aus noch ein wisse.

Da lachte der Ritter, welcher nicht auf den Kopf gefallen war, aus vollem Herzen und bot der Dame an, sie vorläufig auf einen guten Weg zu leiten, wenn sie sich ihm anvertrauen wolle. Seine Burg, fügte er hinzu, sei nicht weiter als eine Tagereise von hier entfernt; dort möge sie, sofern es ihr gefalle, in Sicherheit sich vorbereiten und nach weislicher Erwägung in die weite schöne Welt auslaufen.

Ohne Erwiderung, aber auch ohne Widerstand ließ sie sich, immerhin ein wenig zitternd, auf das Pferd heben; der Ritter schwang sich nach, und die rotglühende Nonne vor sich, trabte er lustig durch Wälder und Auen.

Zwei- oder dreihundert Pferdelängen weit hielt sie sich aufrecht und schaute unverwandt in die Weite, während sie ihre Hand gegen seine Brust stemmte. Bald aber lag ihr Gesicht an dieser Brust aufwärts gewendet und litt die Küsse, welche der reisige Herr darauf drückte; und abermals nach dreihundert Schritten erwiderte sie dieselben schon so eifrig, als ob sie niemals eine Klosterglocke geläutet hätte. Unter solchen Umständen sahen sie nichts vom Lande und vom Lichte, das sie durchzogen, und die Nonne, die sich erst nach der weiten Welt gesehnt, schloß jetzt ihre Augen vor derselben und beschränkte sich auf einen Bezirk, den ein Pferd auf seinem Rücken forttragen konnte.

Auch Wonnebold, der Ritter, dachte kaum an seiner Väter Burg, bis die Türme derselben im Mondlichte vor ihm glänzten. Aber still war es um die Burg und noch stiller in derselben und nirgends ein Licht zu erblicken. Vater und Mutter Wonnebolds waren gestorben und alles Gesinde weggezogen bis auf ein steinaltes Schloßvögtchen, welches nach langem Klopfen mit einer Laterne erschien und vor Freuden beinahe starb, als es den Ritter vor dem mühsam geöffneten Tor erblickte. Doch hatte der Alte trotz seiner Einsamkeit und seiner Jahre das Innere der Burg in wohnlichem Zustande erhalten und besonders das Gemach des Ritters in immerwährende Bereitschaft gesetzt, damit derselbe wohl ausruhen könne jeden Augenblick, wo er von seinen Fahrten zurückkäme. So ruhte denn Beatrix mit ihm und stillte ihr Verlangen.

Keines dachte nun daran, sich vom andern zu trennen. Wonnebold öffnete die Truhen seiner Mutter, Beatrix kleidete sich in die reichen Gewänder derselben und schmückte sich mit ihrem Geschmeide, und so lebten sie vorderhand herrlich und in Freuden, nur daß die Dame recht- und namenlos dahinlebte und von ihrem Geliebten als dessen Leibeigene angesehen wurde; indessen verlangte sie nichts Besseres.

Einst aber kehrte ein fremder Baron mit Gefolge auf der Burg ein, die sich inzwischen auch wieder mit Dienstleuten bevölkert hatte, und es wurde zu dessen Ehren festlich gelebt. Endlich gerieten die Männer auch auf das Würfelspiel, bei welchem der Hausherr so glücklich und beständig gewann, daß er im Rausche seines Glückes und seines Glaubens daran sein Liebstes, wie er sagte, aufs Spiel setzte, nämlich die schöne Beatrix, wie sie war, samt dem köstlichen Geschmeide, das sie eben trug, gegen ein altes melancholisches Bergschloß, welches sein Gegner lächelnd einsetzte.

Beatrix, welche dem Spiele vergnügt zugeschaut hatte, erbleichte, und mit Recht; denn der alsobald erfolgende Wurf ließ den Übermütigen im Stich und gab dem Baron gewonnen.

Der säumte nicht, sondern brach augenblicklich auf mit seinem süßen Gewinst und mit seinem Gefolge; kaum fand Beatrix noch Zeit, die unglücklichen Würfel an sich zu nehmen und in ihrem Busen zu verbergen, worauf sie unter strömenden Tränen dem rücksichtslosen Gewinner folgte.

Als der kleine Zug einige Stunden geritten war, gelangte er in ein anmutiges Gehölz von jungen Buchen, durch welches ein klarer Bach floß. Wie ein leichtes grünes Seidenzelt schwebte die zarte Belaubung in der Höhe, von den schlanken Silberstangen emporgehalten, und die offene Sommerlandschaft schaute darunter herein. Hier wollte der Baron mit seiner Beute ausruhen. Er hieß seine Leute ein Stück vorwärtsfahren, indessen er sich mit Beatrixen in der luftigen Grüne niederließ und sie mit Liebkosungen an sich ziehen wollte.

Da erhob sie sich stolz, und indem sie einen flammenden Blick auf ihn warf, rief sie: wohl habe er ihre Person gewonnen, nicht aber ihr Herz, welches nicht für ein altes Gemäuer zu gewinnen sei. Wenn er ein Mann, so solle er etwas Rechtes dagegen einsetzen. Wolle er sein Leben daranwagen, so könne er um ihr Herz würfeln, welches ihm, wenn er gewinne, auf ewig verpfändet und zu eigen sein solle; wenn aber sie gewinne, so solle sein Leben in ihrer Hand stehen und sie wieder eigene Herrin ihrer ganzen Person sein.

Dies sagte sie mit großem Ernste, sah ihn aber dabei so seltsam an, daß ihm jetzt erst das Herz zu klopfen anfing und er verwirrt sie betrachtete. Immer schöner schien sie zu werden, als sie mit leiserer Stimme und fragendem Blicke fortfuhr: »Wer wird ein Weib minnen wollen ohne Gegenminne und das von seinem Mute nicht überzeugt ist? Gebt mir Euer Schwert, nehmt hier die Würfel und wagt es, so mögen wir verbunden werden wie zwei rechte Liebende!« Zugleich drückte sie ihm die busenwarmen Elfenbeinwürfel in die Hand. Betört gab er ihr sein Schwert samt dem Gehänge und warf sofort eilf Augen mit *einem* Wurfe.

Hierauf ergriff Beatrix die Würfel, schüttelte sie mit einem geheimen Seufzer zur heiligen Maria, der Mutter Gottes, heftig in ihren hohlen Händen und warf zwölf Augen, womit sie gewann.

»Ich schenk Euch Euer Leben!« sagte sie, verneigte sich ernsthaft vor dem Baron, nahm ihre Gewänder ein wenig zusammen und das Schwert unter den Arm und ging eilfertig davon in der Richtung, woher sie gekommen waren. Als sie jedoch dem noch ganz verblüfften und zerstreuten Herren aus den Augen war, ging sie schlauerweise nicht weiter, sondern um das Gehölze herum, trat leise wieder in dasselbe hinein und verbarg sich, kaum fünfzig Schritte von dem Getäuschten entfernt, hinter den Buchenstämmchen, welche sich in dieser Entfernung durch ihre Menge eben hinreichend ineinanderschoben, um die kluge Frau zur Not zu bedecken. Sie hielt sich ganz still; nur ein Sonnenstrahl fiel auf einen edlen Stein an ihrem Hals, so daß derselbe durch das Gehölze blitzte, ohne daß sie es wußte. Der Baron sah sogar diesen Schein und starrte in seiner Verwirrung einen Augenblick hin. Aber er hielt es für einen schimmernden Tautropfen an einem Baumblatt und achtete nicht darauf.

Endlich erwachte er aus seiner Starrheit und stieß mit Macht in sein Jagdhorn. Als seine Leute herbeigekommen, sprang er aufs Pferd und jagte mit ihnen der Entflohenen nach, um sich ihrer wieder zu versichern. Es dauerte wohl eine Stunde, bis die Reiter wieder zurückkamen und verdrießlich und langsam durch die Buchen zogen, ohne sich diesmal aufzuhalten. Sobald die lauschende Beatrix den Weg sicher sah, machte sie sich auf und eilte heimwärts, ohne ihre feinen Schuhe zu schonen.

Wonnebold hatte in der Zeit einen sehr schlechten Tag verbracht, von Reue und Zorn gepeinigt, und da er wohl fühlte, daß er sich auch vor der so leichtfertig verspielten Geliebten schämte, ward er inne, wie hoch er sie unbewußt hielt und daß er kaum ohne sie leben mochte. Als sie daher unversehens vor ihm stand, breitete er, noch ehe er seine Überraschung ausdrückte, seine Arme nach ihr aus, und sie eilte ohne Klagen und ohne Vorwürfe in dieselben hinein. Laut lachte er auf, als sie ihm ihre Kriegslist erzählte, und wurde nachdenklich über ihre Treue; denn jener Baron war ein ganz ansehnlicher und schmucker Gesell.

Um sich nun gegen alle künftigen Unfälle zu wahren, machte er die schöne Beatrix zu seiner rechtmäßigen Gemahlin vor allen seinen Standesgenossen und Hörigen, so daß sie von jetzt an eine Ritterfrau vorstellte, die ihresgleichen suchte bei Jagden, Festen und Tänzen sowohl als in den Hütten der Untertanen und im Herrenstuhl der Kirche.

Die Jahre gingen wechselvoll vorüber, und während zwölf reichen Herbsten gebar sie ihrem Gatten acht Söhne, welche emporwuchsen wie junge Hirsche.

Als der älteste achtzehn Jahre zählte, erhob sie sich in einer Herbstnacht von der Seite ihres Wonneboldes, ohne daß er es merkte, legte sorgfältig all ihren weltlichen Staat in die nämlichen Truhen, aus denen er einst genommen worden, und verschloß dieselben, die Schlüssel an die Seite des Schlafenden legend. Dann ging sie mit bloßen Füßen vor das Lager ihrer Söhne und küßte leise einen nach dem andern; zuletzt ging sie wieder an das Bett ihres Mannes, küßte denselben auch, und erst jetzt schnitt sie sich das lange Haar vom Haupt, zog das dunkle Nonnengewand wieder an, welches sie sorgfältig aufbewahrt hatte, und so verließ sie heimlich die Burg und wanderte durch die brausenden Winde der Herbstnacht und durch das fallende Laub jenem Kloster zu, welchem sie einst entflohen war. Unermüdlich ließ sie die Kugeln ihres Rosenkranzes durch die Finger rollen und überdachte betend das genossene Leben.

So wallte sie unverdrossen, bis sie wieder vor der Klosterpforte stand. Als sie anklopfte, tat die gealterte Pförtnerin auf und grüßte sie gleichgültig mit ihrem Namen, als ob sie kaum eine halbe Stunde abwesend geblieben wäre. Beatrix ging an ihr vorüber in die Kirche, warf sich vor dem Altar der Heiligen Jungfrau auf die Knie, und diese begann zu sprechen und sagte: »Du bist ein bißchen lange weggeblieben, meine Tochter! Ich habe die ganze Zeit deinen Dienst als Küsterin versehen; jetzt bin ich aber doch froh, daß du da bist und die Schlüssel wieder übernimmst!«

Das Bild neigte sich herab und gab der Beatrix die Schlüssel, welche über das große Wunder freudig erschrak. Sogleich tat sie ihren Dienst und ordnete das und jenes, und als die Glocke zum Mittagsmahl erklang, ging sie zu Tisch. Viele Nonnen waren alt geworden, andere gestorben, junge waren neu angekommen, und eine andere Äbtissin saß oben am Tische; aber niemand gewahrte, was mit Beatrix, welche ihren gewohnten Platz einnahm, vorgegangen war; denn die Maria hatte ihre Stelle in der Nonne eigener Gestalt versehen.

Nachdem nun abermals etwa zehn Jahre vergangen waren, feierten die Nonnen ein großes Fest und wurden einig, daß jede von ihnen der Mutter Gottes ein Geschenk, so fein sie es zu bereiten vermöchte, darbringen solle. So stickte die eine ein köstliches Kirchenbanner, die andere eine Altardecke, die dritte ein Meßgewand. Eine dichtete einen lateinischen Hymnus, und die andere setzte ihn in Musik, die dritte malte und schrieb ein Gebetbuch. Welche gar nichts anderes konnte, nähte dem Christuskinde ein neues Hemdchen, und die Schwester Köchin buk ihm eine Schüssel Kräpflein. Einzig Beatrix hatte nichts bereitet, da sie etwas müde war vom Leben und mit ihren Gedanken mehr in der Vergangenheit lebte als in der Gegenwart.

Als nun der Festtag anbrach und sie keine Weihgabe darlegte, wunderten sich die übrigen Nonnen und schalten sie darum, so daß sie sich in Demut seitwärts stellte, als in der blumengeschmückten Kirche alle jene prächtigen Dinge vor den Altar gelegt wurden in feierlichem Umgang, während die Glocken läuteten und die Weihrauchwolken emporstiegen.

Wie hierauf die Nonnen gar herrlich zu singen und zu musizieren begannen, zog ein greiser Rittersmann mit acht bildschönen bewaffneten Jünglingen des Weges, alle auf stolzen Rossen, von ebensoviel reisigen Knappen gefolgt. Es war Wonnebold mit seinen Söhnen, die er dem Reichsheere zuführte.

Das Hochamt in dem Gotteshaus vernehmend, hieß er seine Söhne absteigen und ging mit ihnen hinein, um der Heiligen Jungfrau ein gutes Gebet darzubringen. Jedermann erstaunte über den herrlichen Anblick, als der eiserne Greis mit den acht jugendlichen Kriegern kniete, welche wie ebensoviel geharnischte Engel anzusehen waren, und die Nonnen wurden irre in ihrer Musik, daß sie einen Augenblick aufhörten. Beatrix aber erkannte alle ihre Kinder an ihrem Gemahl, schrie auf und eilte zu ihnen, und indem sie sich zu erkennen gab, verkündigte sie ihr Geheimnis und erzählte das große Wunder, das sie erfahren habe.

So mußte nun jedermann gestehen, daß sie heute der Jungfrau die reichste Gabe dargebracht; und daß dieselbe angenommen wurde, bezeugten acht Kränze von jungem Eichenlaub, welche plötzlich auf den Häuptern der Jünglinge zu sehen waren, von der unsichtbaren Hand der Himmelskönigin darauf gedrückt.

Der schlimm-heilige Vitalis

> Meide den traulichen Umgang
> mit einem Weibe, empfiehl du
> überhaupt lieber das ganze andächtige
> Geschlecht dem lieben Gott.
>
> *Thomas a Kempis,*
> *Nachfolge, 8, 2*

Im Anfang des achten Jahrhunderts lebte zu Alexandria in Ägypten ein wunderlicher Mönch namens Vitalis, der es sich zur besondern Aufgabe gemacht hatte, verlorene weibliche Seelen vom Pfade der Sünde hinwegzulocken und zur Tugend zurückzuführen. Aber der Weg, den er dabei einschlug, war so eigentümlich und die Liebhaberei, ja Leidenschaft, mit welcher er unablässig sein Ziel verfolgte, mit so merkwürdiger Selbstentäußerung und Heuchelei vermischt, wie in der Welt kaum wieder vorkam.

Er führte ein genaues Verzeichnis aller jener Buhlerinnen auf einem zierlichen Pergamentstreifen, und sobald er in der Stadt oder deren Umgebung ein neues Wild entdeckt, merkte er Namen und Wohnung unverweilt auf demselben vor, so daß die schlimmen Patriziersöhne von Alexandria keinen besseren Wegweiser hätten finden können als den emsigen Vitalis, wenn er einen minder heiligen Zweck hätte verfolgen wollen. Allein wohl entlockte der Mönch ihnen in schlauem spaßhaftem Geplauder manche neue Kunde und Notiz in dieser Sache; nie aber ließ er sich dergleichen selbst ablauschen von den Wildfängen.

Jenes Verzeichnis trug er zusammengerollt in einem silbernen Büchschen in seiner Kappe und nahm es unzählige Male hervor, um einen neuentdeckten, leichtfertigen Namen beizufügen oder die bereits vorhandenen zu überblicken, zu zählen und zu berechnen, welche der Inhaberinnen demnächst an die Reihe kommen würde.

Diese suchte er dann in Eile und halb verschämt und sagte hastig: »Gewähre mir die zweite Nacht von heute und versprich keinem andern!« Wenn er zur bestimmten Zeit in das Haus trat, ließ er die Schöne stehen und machte sich in die hinterste Ecke der Kammer, fiel dort auf die Knie und betete mit Inbrunst und lauten Worten die ganze Nacht für die Bewohnerin des Hauses. Mit der Morgenfrühe verließ er sie und untersagte ihr streng, zu verraten, was er bei ihr gemacht habe.

So trieb er es eine gute Zeit und brachte sich in den allerschlechtesten Ruf. Denn während er im geheimen, in den verschlossenen Kammern der Buhlerinnen durch seine heißen Donnerworte und durch inbrünstiges süßes Gebetlispeln manche Verlorene erschütterte und rührte, daß sie in sich ging und einen frommen Lebenswandel begann, schien er es öffentlich vollständig darauf anzulegen, für einen lasterhaften und sündigen Mönch zu gelten, der sich lustig in allem Wirrsal der Welt herumschlüge und seinen geistlichen Habit als eine Fahne der Schmach aushänge.

Befand er sich des Abends, wenn es dunkelte, in ehrbarer Gesellschaft, so rief er etwa unversehens: »Ei, was mache ich doch? Bald hätt ich vergessen, daß die braune Doris meiner wartet, die kleine Freundin! Der Tausend, ich muß gleich hin, daß sie nicht schmollt!« Schalt man ihn nun, so rief er wie erbost: »Glaubt ihr, ich sei ein Stein? Bildet ihr euch ein, daß Gott für die Mönche keine Weiblein geschaffen habe?« Sagte jemand: »Vater, legt lieber das kirchliche Gewand ab und heiratet, damit die andern sich nicht ärgern!« so antwortete er: »Ärgere sich, wer will und mag, und renne mit dem Kopfe gegen die Mauer! Wer ist mein Richter?« Alles dies sagte er mit Geräusch und großer Verstellungskunst, wie einer, der eine schlechte Sache mit vielen und frechen Worten verteidigt.

Und er ging hin und zankte sich vor den Haustüren der Mädchen mit den Nebenbuhlern herum, ja er prügelte sich sogar mit ihnen und teilte manche derbe Maulschelle aus, wenn es hieß: »Fort mit dem Mönch! Will der Kleriker uns den Platz streitig machen? Zieh ab, Glatzkopf!«

Auch war er so beharrlich und zudringlich, daß er in den meisten Fällen den Sieg davontrug und unversehens ins Haus schlüpfte.

Kehrte er beim Morgengrauen in seine Zelle zurück, so warf er sich nieder vor der Mutter Gottes, zu deren Preis und Ehre er allein diese Abenteuer unternahm und den Tadel der Welt auf sich lud, und wenn es ihm gelungen war, ein verlorenes Lamm zurückzuführen und in irgendeinem heiligen Kloster unterzubringen, so dünkte er sich seliger vor der Himmelskönigin, als wenn er tausend Heiden bekehrt hätte. Denn dies war sein ganz besonderer Geschmack, daß er das Martyrium bestand, vor der Welt als ein Unreiner und Wüstling dazustehen, während die allerreinste Frau im Himmel wohl wüßte, daß er noch nie ein Weib berührt habe und ein Kränzlein weißer Rosen unsichtbar auf seinem vielgeschmähten Haupte trage.

Einst hörte er von einer besonders gefährlichen Person, welche durch ihre Schönheit und Ungewöhnlichkeit viel Unheil und selbst Blutvergießen anrichte, da ein vornehmer und grimmiger Kriegsmann ihre Türe belagere und jeden niederstrecke, der sich mit ihm in Streit einlasse. Sogleich nahm Vitalis sich vor, diese Hölle anzugreifen und zu überwinden. Er schrieb den Namen der Sünderin nicht erst in sein Verzeichnis, sondern ging geraden Weges nach dem berüchtigten Hause und traf an der Türe richtig mit jenem Soldaten zusammen, der in Scharlach gekleidet hochmütig daherschritt und einen Wurfspieß in der Hand trug.

»Duck dich hier beiseite, Mönchlein!« rief er höhnisch dem frommen Vitalis zu, »was wagst du, an meiner Löwenhöhle herumzukrabbeln? Für dich ist der Himmel, für uns die Welt!«

»Himmel und Erde samt allem, was darin ist«, rief Vitalis, »gehören dem Herren und seinen fröhlichen Knechten! Pack dich, aufgeputzter Lümmel, und laß mich gehen, wo mich gelüstet!«

Zornig erhob der Krieger den Schaft seines Wurfspießes, um ihn auf den Kopf des Mönches niederzuschlagen; doch dieser zog flugs den Ast eines friedlichen Ölbaumes unter dem Gewande hervor, parierte den Streich und traf den Raufbold so derb an die Stirne, daß ihm die Sinne beinahe vergingen, worauf ihm der streitbare Kleriker noch viele Knüffe unter die Nase gab, bis der Soldat ganz betäubt und fluchend sich davonmachte.

Also drang Vitalis siegreich in das Haus, wo über einem schmalen Treppchen die Weibsperson stand, eine Lampe tragend, und auf das Lärmen und Schreien horchte. Es war eine ungewöhnlich große und feste Gestalt mit schönen, aber trotzigen Gesichtszügen, um welche ein rötliches Haar in reichen wilden Wellen gleich einer Löwenmähne flatterte.

Verachtungsvoll schaute sie auf den anrückenden Vitalis herab und sagte: »Wohin willst du?« – »Zu dir, mein Täubchen!« antwortete er, »hast du nie vom zärtlichen Mönch Vitalis gehört, vom lustigen Vitalis?« Allein sie versetzte barsch, indem sie die Treppe sperrte mit ihrer gewaltigen Figur: »Hast du Geld, Mönch?« Verdutzt sagte er: »Mönche tragen nie Geld mit sich!« – »So trolle dich deines Weges«, rief sie, »oder ich lasse dich mit Feuerbränden aus dem Hause peitschen!«

Ganz verblüfft kratzte sich Vitalis hinter den Ohren, da er diesen Fall noch nicht bedacht hatte; denn die Geschöpfe, die er bis anhin bekehrt, hatten dann natürlicherweise nicht mehr an einen Sündenlohn gedacht, und die Unbekehrten begnügten sich, ihn mit schnöden Worten für die kostbare Zeit, um die er sie gebracht, zu strafen. Hier aber konnte er gar nicht ins Innere gelangen, um seine fromme Tat zu beginnen; und doch reizte es ihn über alle Maßen, gerade diese rotschimmernde Satanstochter zu bändigen, weil große schöne Menschenbilder immer wieder die Sinne verleiten, ihnen einen höheren menschlichen Wert zuzuschreiben, als sie wirklich haben. Verlegen suchte er an seinem Gewande herum und bekam dabei jenes Silberbüchslein in die Hand, welches mit einem ziemlich wertvollen Amethyst geziert war. »Ich habe nichts als dies«, sagte er, »laß mich hinein dafür!« Sie nahm das Büchschen, betrachtete es genau und hieß ihn dann mit hineingehen. In ihrem Schlafgemache angekommen, sah er sich nicht weiter nach ihr um, sondern kniete nach seiner Gewohnheit in eine Ecke und betete mit lauter Stimme.

Die Hetäre, welche glaubte, er wolle seine weltlichen Werke aus geistlicher Gewohnheit mit Gebet beginnen, erhob ein unbändiges Gelächter und setzte sich auf ihr Ruhbett, um ihm zuzusehen, da seine Gebärden sie höchlich belustigten. Da das Ding aber kein Ende nahm und anfing, sie zu langweilen, entblößte sie unzüchtig ihre Schultern, schritt auf ihn zu, umstrickte ihn mit ihren weißen starken Armen und drückte den guten Vitalis mit seinem geschornen und tonsurierten Kopf so derb gegen ihre Brust, daß er zu ersticken drohte und zu prusten begann, als ob er im Fegfeuer stäke. Es dauerte aber nicht lang, so fing er an, nach allen Seiten auszuschlagen wie ein junges Pferd in der Schmiede, bis er sich von der höllischen Umschlingung befreit hatte. Dann aber nahm er den langen Strick, welchen er um den Leib trug, und packte das Weib, um ihr die Hände auf den Rücken zu binden, damit er Ruhe vor ihr habe. Er mußte jedoch tüchtig mit ihr ringen, bis es ihm gelang, sie zu fesseln; und auch die Füße band er ihr zusammen und warf den ganzen Pack mit einem mächtigen Ruck auf das Bett. Wonach er sich wieder in seinen Winkel begab und seine Gebete fortsetzte, als ob nichts geschehen wäre.

Die gefesselte Löwin wälzte sich erst zornig und unruhig hin und her, suchte sich zu befreien und stieß hundert Flüche aus; dann wurde sie stiller, während der Mönch nicht aufhörte zu beten, zu predigen und zu beschwören, und gegen Morgen ließ sie deutliche Seufzer vernehmen, welchen bald, wie es schien, ein zerknirschtes Schluchzen folgte. Kurz, als die Sonne aufging, lag sie als eine Magdalena zu seinen Füßen, von ihren Banden befreit, und benetzte den Saum seines Gewandes mit Tränen. Würdevoll und heiter streichelte ihr Vitalis das Haupt und versprach, mit einbrechender künftiger Nacht wiederzukommen, um ihr kundzutun, in welchem Kloster er eine Bußzelle für sie ausfindig gemacht hätte. Dann verließ er sie, vergaß aber nicht, ihr vorher einzuschärfen, daß sie inzwischen nichts von ihrer Bekehrung verlauten lassen und vor allem aus jedermann, der sie darum befragen würde, sagen solle, er habe sich recht lustig bei ihr gemacht.

Allein wie erschrak er, als er, zur bestimmten Stunde wieder erscheinend, die Türe fest verschlossen fand, indessen das Frauenzimmer frisch geschmückt und stattlich aus dem Fenster sah.

»Was willst du, Priester?« rief sie herunter, und erstaunt erwiderte er halblaut: »Was soll das heißen, mein Lämmchen? Tu von dir diesen Sündenflitter und laß mich ein, daß ich dich zu deiner Buße vorbereite!« – »Du willst zu mir herein, schlimmer Mönch?« sagte sie lächelnd, als ob sie ihn mißverstanden hätte, »hast du Geld oder Geldeswert bei dir?« Mit offenem Munde starrte Vitalis empor; dann rüttelte er verzweifelt an der Türe; aber sie war und blieb verschlossen, und vom Fenster war das Weib auch verschwunden.

Das Gelächter und die Verwünschungen der Vorübergehenden trieben den scheinbar verdorbenen und schamlosen Mönch endlich von dem verrufenen Hause hinweg; allein sein einziges Sinnen und Trachten ging dahin, wieder in das nämliche Haus zu gelangen und den Bösen, der in dem Weibe steckte, auf jede Weise zu überwinden.

Von diesem Gedanken beherrscht, lenkte er seine Schritte in eine Kirche, wo er, statt zu beten, über Mittel und Wege sann, wie er sich den Zutritt bei der Verlorenen verschaffen könne. Indem fiel sein Blick auf die Lade, in welcher die Gaben der Mildtätigkeit aufbewahrt lagen, und kaum war die Kirche, in welcher es dunkel geworden, leer, so schlug er die Lade mit kräftiger Faust auf und warf ihren Inhalt, der aus einer Menge kleiner Silberlinge bestand, in seine aufgeschürzte Kutte und eilte schneller als ein Verliebter nach der Wohnung der Sünderin.

Eben wollte ein zierlicher Stutzer in die aufgehende Türe schlüpfen; Vitalis ergriff ihn hinten an den duftenden Locken, schleuderte ihn auf die Gasse und schlug die Türe, indem er hineinsprang, jenem vor der Nase zu, und so stand er nach einigen Augenblicken abermals vor der ruchlosen Person, welche ihn mit funkelnden Augen besah, da er statt des erwarteten Stutzers erschien. Vitalis schüttete aber schnell das gestohlene Geld auf den Tisch und sagte: »Genügt das für diese Nacht?« Stumm, aber sorgfältig zählte sie das Gut und sagte dann: »Es genügt!« und tat es beiseite.

Nun standen sie sich sonderbarlich gegenüber. Das Lachen verbeißend, schaute sie darein, als ob sie von nichts wüßte, und der Mönch prüfte sie mit ungewissen und kummervollen Blicken und wußte nicht, wie er es anpacken sollte, sie zur Rede zu stellen. Als sie aber plötzlich in verlockende Gebärden überging und mit der Hand in seinen glänzenden dunkeln Bart fahren wollte, da brach das Gewitter seines geistlichen Gemütes mächtig los, zornig schlug er ihr auf die Hand, warf sie dann auf ihr Bett, daß es erzitterte, und indem er auf sie hinkniete und ihre

Hände festhielt, fing er, ungerührt von ihren Reizen, dergestalt an, ihr in die Seele zu reden, daß ihre Verstocktheit endlich sich zu lösen schien.

Sie ließ nach in den gewaltsamen Anstrengungen, sich zu befreien, häufige Tränen flossen über das schöne und kräftige Gesicht, und als der eifrige Gottesmann sie nun freigab und aufrecht an ihrem Sündenlager stand, lag die große Gestalt auf demselben mit ausgestreckten müden Gliedern, wie von Reue und Bitterkeit zerschlagen, schluchzend und die umflorten Augen nach ihm richtend, wie verwundert über diese unfreiwillige Verwandlung.

Da verwandelte sich auch das Ungewitter seines beredten Zornes in weiche Rührung und inniges Mitleid; er pries innerlich seine himmlische Beschützerin, welcher zu Ehren ihm dieser schwerste aller Siege gelungen war, und seine Rede floß jetzt versöhnend und tröstend wie lindes Frühlingswehen über das gebrochene Eis dieses Herzens.

Fröhlicher, als wenn er das lieblichste Glück genossen hätte, eilte er von dannen, aber nicht, um auf seinem harten Lager noch ein Stündchen Schlaf zu finden, sondern um vor dem Altare der Jungfrau für die arme reuevolle Seele zu beten, bis der Tag vollends angebrochen wäre; denn er gelobte, kein Auge zu schließen, bis das verirrte Lamm nunmehr sicher hinter den schützenden Klostermauern verwahrt sei.

Kaum war auch der Morgen lebendig geworden, so machte er sich wieder auf den Weg nach ihrem Hause, sah aber auch gleichzeitig vom andern Ende der Straße den wilden Kriegsmann daherkommen, welcher nach einer durchschwelgten Nacht, halb betrunken, es sich in den Kopf gesetzt hatte, die Hetäre endlich wiederzuerobern.

Vitalis war näher an der unseligen Türe, und behende sprang er darauf zu, um sie vollends zu erreichen; da schleuderte jener den Speer nach ihm, der dicht neben des Mönches Kopf in der Türe steckenblieb, daß der Schaft zitterte. Aber noch ehe er ausgezittert, riß ihn der Mönch mit aller Kraft aus dem Holz, kehrte sich gegen den wütend herbeigesprungenen Soldaten, der ein bloßes Schwert zückte, und trieb ihm mit Blitzesschnelle den Speer durch die Brust; tot sank der Mann zusammen, und Vitalis wurde fast im selbigen Augenblicke durch einen Trupp Kriegsknechte, die von der Nachtwache kamen und seine Tat gesehen, gefangengenommen, gebunden und in den Kerker geführt.

Wahrhaft kummervoll schaute er nach dem Häuschen zurück, in welchem er sein gutes Werk nun nicht vollenden konnte; die Wächter glaubten, er bedaure lediglich seinen Unstern, von einem sündhaften Vorsatz abgelenkt zu sein, und traktierten den vermeintlich unverbesserlichen Mönch mit Schlägen und Schimpfworten, bis er im Gefängnis war.

Dort mußte er viele Tage liegen, mehrfach vor den Richter gestellt; zwar wurde er am Ende straflos entlassen, weil er den Mann in der Notwehr umgebracht. Doch ging er immerhin als ein Totschläger aus dem Handel hervor, und jedermann rief, daß man ihm endlich das geistliche Gewand abnehmen sollte. Der Bischof Johannes, welcher dazumal in Alexandria vorstand, mußte aber irgendeine Ahnung von dem wahren Sachverhalt oder sonst einen höheren Plan gefaßt haben, da er sich weigerte, den verrufenen Mönch aus der Klerisei zu stoßen, und befahl, denselben einstweilen noch seinen seltsamen Weg wandeln zu lassen.

Dieser führte ihn ohne Aufenthalt zu der bekehrten Sünderin zurück, welche sich mittlerweile abermals umgekehrt hatte und den erschrockenen und bekümmerten Vitalis nicht eher hereinließ, bis er wiederum irgendwo einen Wertgegenstand entwendet und ihr gebracht. Sie bereute und bekehrte sich zum dritten Mal, und auf gleiche Weise zum vierten und fünften Mal, da sie diese Bekehrungen einträglicher fand als alles andere und überdies der böse Geist in ihr ein höllisches Vergnügen empfand, mit wechselnden Künsten und Erfindungen den armen Mönch zu äffen.

Dieser war jetzt wirklich von innen heraus ein Märtyrer; denn je ärger er getäuscht wurde, desto weniger konnte er von seinem Bemühen lassen, und es dünkte ihn, als ob seine eigene Seligkeit gerade von der Besserung dieser einen Person abhange. Er war jetzt bereits ein Totschläger, Kirchenräuber und Dieb; allein lieber hätt er sich eine Hand abgehauen als den geringsten Teil seines Rufes als Wüstling aufgegeben, und wenn dies alles ihm endlich in seinem Herzen schwer und schwerer zu tragen war, so bestrebte er sich um so eifriger, vor der Welt die schlimme Außenseite mit frivolen Worten aufrechtzuhalten. Denn diese märtyrliche Spezialität hatte er einmal erwählt. Doch wurde er bleich und schmal dabei und fing an, herumzuschleichen wie ein Schatten an der Wand, aber immer mit lachendem Munde.

Gegenüber jenem Hause der Prüfung nun wohnte ein reicher griechischer Kaufmann, der ein einziges Töchterchen besaß, Jole geheißen, welche tun konnte, was ihr beliebte, und daher nicht recht wußte, was sie den langen Tag hindurch beginnen sollte. Denn ihr Vater, der sich zur Ruhe gesetzt hatte, studierte den Plato, und wenn er dessen müde war, so verfaßte er zierliche Xenien über die geschnittenen antiken Steine, deren er eine Menge sammelte und besaß. Jole hingegen, wenn sie ihr Saitenspiel beiseite gestellt hatte, wußte ihren lebhaften Gedanken keinen Ausweg und guckte unruhig in den Himmel und in die Ferne, wo sich eine Öffnung bot.

So entdeckte sie auch den Verkehr des Mönches in der Straße und erfuhr, welche Bewandtnis es mit dem berüchtigten Klerikus habe. Erschreckt und scheu betrachtete sie ihn von ihrem sicheren Versteck aus und konnte nicht umhin, seine stattliche Gestalt und sein männliches Aussehen zu bedauern. Als sie aber von einer Sklavin, welche mit der Sklavin der bösen Buhlerin vertraut war, vernahm, wie Vitalis von letzterer betrogen würde und wie es sich in Wahrheit mit ihm verhalte, da verwunderte sie sich über alle Maßen, und weit entfernt, dies Martyrium zu verehren, befiel sie ein seltsamer Zorn, und sie hielt diese Art Heiligkeit der Ehre ihres Geschlechts nicht für zuträglich. Sie träumte und grübelte eine Weile darüber, und immer unzufriedener wurde sie, während gleichzeitig ihre Teilnahme für den Mönch sich erhöhte und mit jenem Zorne kreuzte.

Plötzlich entschloß sie sich, wenn die Jungfrau Maria nicht soviel Verstand habe, den Verirrten auf einen wohlanständigeren Weg zu führen, dies selbst zu übernehmen und ihr etwas ins Handwerk zu pfuschen, nicht ahnend, daß sie selbst das unbewußte Werkzeug der bereits einschreitenden Himmelskönigin war. Und alsogleich ging sie zu ihrem Vater, beschwerte sich bitterlich über die unangemessene Nachbarschaft der Buhldirne und beschwor ihn, dieselbe um jeden Preis vermittelst seines Reichtums und augenblicklich zu entfernen.

Der Alte verfügte sich, nach ihrer Anweisung, auch sogleich zu der Person und bot ihr eine gewisse Summe für ihr Häuschen, wenn sie es zur Stunde verlassen und ganz aus dem Revier wegziehen wolle. Sie verlangte nichts Besseres und war noch am gleichen Vormittag aus der Gegend verschwunden, während der Alte wieder hinter seinem Plato saß und sich nicht weiter um die Sache kümmerte.

Desto eifriger war nun Jole, das Häuschen von unten bis oben von allem räumen zu lassen, was an die frühere Besitzerin erinnern konnte, und als es gänzlich ausgefegt und gereinigt war, ließ sie es mit feinen Spezereien so durchräuchern, daß die wohlduftenden Rauchwolken aus allen Fenstern drangen.

Dann ließ sie in das leere Gemach nichts als einen Teppich, einen Rosenstock und eine Lampe hinübertragen, und als ihr Vater, welcher mit der Sonne zur Ruhe ging, eingeschlafen war, ging sie selbst hin, das Haar mit einem Rosenkränzlein geschmückt, und setzte sich mutterseelenallein auf den ausgebreiteten Teppich, indessen zwei zuverlässige alte Diener die Haustüre bewachten.

Dieselben jagten verschiedene Nachtschwärmer davon; sobald sie dagegen den Vitalis herankommen sahen, verbargen sie sich und ließen ihn ungehindert in die offene Türe treten. Mit vielen Seufzern stieg er die Treppe hinan, voll Furcht, sich abermals genarrt zu sehen, und voll Hoffnung, endlich von dieser Last befreit zu werden durch die aufrichtige Reue eines Geschöpfes, welches ihn verhinderte, so viele andere Seelen zu retten. Allein wie erstaunte er, als er, in das Gemach getreten, dasselbe von all dem Flitterstaat der wilden roten Löwin geleert und statt ihrer eine anmutige und zarte Gestalt auf dem Teppich sitzend fand, das Rosenstöckchen sich gegenüber auf demselben Boden.

»Wo ist die Unselige, die hier wohnte!« rief er, indem er verwundert um sich schaute und dann seine Blicke auf der lieblichen Erscheinung ruhen ließ, die er vor sich sah.

»Sie ist fortgewandert in die Wüste«, erwiderte Jole, ohne aufzublicken, »dort will sie das Leben einer Einsiedlerin führen und büßen; denn es hat sie diesen Morgen plötzlich übernommen und darniedergeworfen gleich einem Grashalm, und ihr Gewissen ist endlich aufgewacht. Sie rief nach einem gewissen Priester Vitalis, daß er ihr beistehen möchte. Allein der Geist, der in sie gefahren, ließ sie nicht länger harren; die Törin raffte alle ihre Habe zusammen, verkaufte sie und gab das Geld den Armen, worauf sie stehenden Fußes in einem härenen Hemd und mit abgeschnittenem Haar, einen Stecken in der Hand, hinauszog, wo die Wildnis ist.«

»Gepriesen seist du, Herr! und gelobt deine gnadenvolle Mutter!« rief Vitalis, voll fröhlicher Andacht die Hände faltend, indem es ihm wie eine Steinlast vom Herzen fiel; zugleich aber betrachtete er das Mädchen mit seinem Rosenkränzchen genauer und sprach:

»Warum sagtest du: die Törin? und wer bist du? von woher kommst du, und was hast du vor?«

Die liebliche Jole richtete jetzt ihr dunkles Auge noch tiefer zur Erde; sie beugte sich vornüber, und eine hohe Schamröte übergoß ihr Gesicht, da sie sich selbst der argen Dinge schämte, die sie vor einem Manne zu sagen im Begriffe war.

»Ich bin«, sagte sie, »eine verstoßene Waise, die weder Vater noch Mutter mehr hat. Dieser Teppich, diese Lampe und dieser Rosenstock sind die letzten Überbleibsel von meinem Erbe, und damit habe ich mich hier niedergelassen, um das Leben zu beginnen, das jene verlassen hat, welche vor mir hier wohnte!«

»Ei, so soll dich doch –!« rief der Mönch und schlug die Hände zusammen, »seht mir einmal an, wie fleißig der Teufel ist! Und dies harmlose Tierlein hier sagt das Ding so trocken daher, wie wenn ich nicht der Vitalis wäre! Nun, mein Kätzchen, was willst du tun? Sag's doch noch einmal!«

»Ich will mich der Liebe weihen und den Männern dienen, solange diese Rose lebt!« sagte sie und zeigte flüchtig auf den Strauch; doch brachte sie die Worte kaum heraus und versank vor Scheu beinah in den Boden, so duckte sie sich zusammen, und diese natürliche Scham diente der Schelmin sehr gut, den Mönch zu überzeugen, daß er es hier mit einer kindlichen Unschuld zu tun habe, die, nur äußerlich vom Teufel besessen, mit beiden Füßen in den Abgrund springen wolle. Er strich sich vor Vergnügen den Bart, einmal so zur rechten Zeit auf dem Platz erschienen zu sein, und um sein Behagen noch länger zu genießen, sagte er langsam und humoristisch:

»Und dann nachher, mein Täubchen?«

»Nachher will ich in die Hölle fahren als eine allerärmste Seele, wo die schöne Frau Venus ist, oder vielleicht auch, wenn ich einen guten Prediger finde, etwa später in ein Kloster gehen und Buße tun!«

»Gut so, immer besser!« rief er, »das ist ja ein ordentlicher Kriegsplan und gar nicht übel erraten! Denn was den Prediger betrifft, so ist er schon da, er steht vor dir, du schwarzäugiges Höllenbrätchen! Und das Kloster ist dir auch schon hergerichtet wie eine Mausfalle, nur daß man ungesündigt hineinspaziert, verstanden? Ungesündigt bis auf den sauberen Vorsatz, der indessen einen erklecklichen Reueknochen für dein ganzes Leben abgeben und nützlich sein mag; denn sonst wärst du kleine Hexe auch gar zu possierlich und scherzhaft für eine rechte Büßerin! Aber nun«, fuhr er mit ernster Stimme fort, »herunter vorerst mit den Rosen vom Kopf und dann aufmerksam zugehört!«

»Nein«, sagte Jole etwas kecker, »erst will ich zuhören und dann sehen, ob ich die Rosen herunternehme. Nachdem ich einmal mein weibliches Gefühl überwunden, genügen Worte nicht mehr, mich abzuhalten, eh ich die Sünde kenne, und ohne Sünde werde ich keine Reue kennen, dies gebe ich dir zu bedenken, ehe du dich bemühst! Aber immerhin will ich dich anhören!«

Jetzt begann Vitalis seine schönste Predigt, die er je gehalten. Das Mädchen hörte ihm anmutig und aufmerksam zu, und ihr Anblick übte einen erheblichen Einfluß auf die Wahl seiner Worte, ohne daß er dessen inne ward, da die Schönheit und Feinheit des zu bekehrenden Gegenstandes wie von selbst eine erhöhte Beredsamkeit hervorrief. Allein da es ihr nicht im mindesten ernst war mit dem, was sie frevelhafterweise vorgab, so konnte die Rede des Mönches sie auch nicht sehr erschüttern; ein liebliches Lachen schwebte vielmehr um ihren Mund, und als er geendigt und sich erwartungsvoll den Schweiß von der Stirne wischte, sagte Jole: »Ich bin nur

halb gerührt von deinen Worten und kann mich nicht entschließen, mein Vorhaben aufzugeben;
denn ich bin allzu neugierig, wie es sich in Lust und Sünden lebe!«

Wie versteinert stand Vitalis da und wußte nicht ein einziges Wort hervorzubringen. Es war
das erste Mal, daß ihm seine Bekehrungskunst so rund fehlgeschlagen. Seufzend und nachsin-
nend ging er im Gemach auf und nieder und besah dann wieder die kleine Höllenkandidatin.
Die Kraft des Teufels schien sich hier auf unheimliche Weise mit der Kraft der Unschuld zu
verbinden, um ihm zu widerstehen. Aber um so leidenschaftlicher gedachte er dennoch ob-
zusiegen.

»Ich geh nicht von der Stelle«, rief er endlich, »bis du bereust, und sollt ich drei Tage und
drei Nächte hier zubringen!«

»Das würde mich nur hartnäckiger machen«, erwiderte Jole, »ich will mir aber Bedenkzeit
nehmen und die kommende Nacht dich wieder anhören. Jetzt bricht der Tag bald an, geh deines
Weges, indessen versprech ich, nichts in der Sache zu tun und in meinem jetzigen Zustand zu
verbleiben, wogegen du versprechen sprechen mußt, nirgends meiner Person zu erwähnen und
nur in dunkler Nacht hieher zu kommen!«

»Es sei so!« rief Vitalis, machte sich fort, und Jole schlüpfte rasch in ihr väterliches Haus
zurück.

Sie schlief nur kurze Zeit und erwartete mit Ungeduld den Abend, weil ihr der Mönch, dem
sie die Nacht durch so nahe gewesen, noch besser gefallen hatte als sonst aus der Ferne. Sie sah
jetzt, welch ein schwärmerisches Feuer in seinen Augen glühte und wie entschieden, trotz der
geistlichen Kleidung, alle seine Bewegungen waren. Wenn sie sich dazu seine Selbstverleugnung
vergegenwärtigte, seine Ausdauer in dem einmal Erwählten, so konnte sie nicht umhin, diese
guten Eigenschaften zu ihrem eigenen Nutzen und Vergnügen verwendet zu wünschen, und
zwar in Gestalt eines verliebten und getreuen Ehemannes. Ihre Aufgabe war demnach, aus einem
wackeren Märtyrer einen noch besseren Ehemann zu machen.

In der kommenden Nacht fand sie Vitalis zeitig wieder auf ihrem Teppich, und er setzte
seine Bemühungen um ihre Tugend mit unvermindertem Eifer fort. Er mußte fortwährend dazu stehen, wenn er nicht zu einem Gebete niederkniete. Jole dagegen machte es sich bequem;
sie legte sich mit dem Oberleib auf den Teppich zurück, schlang die Arme um den Kopf und
betrachtete aus halbgeschlossenen Augen unverwandt den Mönch, der vor ihr stand und predigte. Einigemal schloß sie die Augen, wie vom Schlummer beschlichen, und sobald Vitalis das
gewahrte, stieß er sie mit dem Fuße an, um sie zu wecken. Aber diese mürrische Maßregel fiel
dennoch jedesmal milder aus, als er beabsichtigte; denn sobald der Fuß sich der schlanken Seite
des Mädchens näherte, mäßigte er von selbst seine Schwere und berührte nur sanft die zarten
Rippen, und dessenungeachtet strömte dann eine gar seltsamliche Empfindung den ganzen langen Mönch hinauf, eine Empfindung, die sich bei allen den vielen schönen Sünderinnen, mit
denen er bisher verkehrt, im entferntesten nie eingestellt hatte.

Jole nickte gegen Morgen immer häufiger ein; endlich rief Vitalis unwillig: »Kind, du hörst
nicht, du bist nicht zu erwecken, du verharrst in Trägheit!«

»Nicht doch«, sagte sie, indem sie die Augen plötzlich aufschlug und ein süßes Lächeln über
ihr Gesicht flog, gleichsam als wenn der nahende Tag schon darauf zu sehen wäre, »ich habe
gut aufgemerkt, ich hasse jetzt jene elende Sünde, die mir um so widerwärtiger geworden, als
sie dir Ärgernis erregt, lieber Mönch; denn nichts könnte mir mehr gefallen, was dir mißfällt!«

»Wirklich?« rief er voll Freuden, »so ist es mir doch gelungen? Jetzt komm nur gleich in das
Kloster, damit wir deiner sicher sind. Wir wollen diesmal das Eisen schmieden, weil es noch
warm ist!«

»Du verstehst mich nicht recht«, erwiderte Jole und schlug errötend die Augen wieder zur
Erde, »ich bin in dich verliebt und habe eine zärtliche Neigung zu dir gefaßt!«

Vitalis empfand augenblicklich, wie wenn ihm eine Hand aufs Herz schlüge, ohne daß es ihn
jedoch dünkte weh zu tun. Beklemmt sperrte er die Augen und den Mund auf und stand da.

Jole aber fuhr fort, indem sie noch röter wurde, und sagte leise und sanft: »Nun mußt du mir auch noch dies neue Unheil ausreden und verbannen, um mich gänzlich vom Übel zu befreien, und ich hoffe, daß es dir gelingen werde!«

Vitalis, ohne ein Wort zu sagen, machte kehrtum und rannte aus dem Hause. Er lief in den silbergrauen Morgen hinaus, statt sein Lager aufzusuchen, und überlegte, ob er diese verdächtige junge Person ein für allemal ihrem Schicksal überlassen oder versuchen solle, ihr diese letzte Grille auch noch auszutreiben, welche ihm die bedenklichste von allen und für ihn selbst nicht ganz ungefährlich schien. Doch eine zornige Schamröte stieg ihm ins Haupt bei dem Gedanken, daß dergleichen für ihn selbst gefährlich sein sollte; aber dann fiel ihm gleich wieder ein, der Teufel könnte ihm ein Netz gestellt haben, und wenn dem so wäre, so sei dieses am besten beizeiten zu fliehen. Aber feldflüchtig werden vor solchem federleichten Teufelsspuk? Und wenn das arme Geschöpfchen wirklich es gut meinte und durch einige kräftige grobe Worte von seiner letzten unzukömmlichen Phantasie zu heilen wäre? Kurz, Vitalis konnte nicht mit sich einig werden, und das um so weniger, als auf dem Grunde seines Herzens bereits ein dunkles Wogen das Schifflein seiner Vernunft zum Schaukeln brachte.

Er schlüpfte daher in seiner Bedrängnis in ein Gotteshäuschen, wo vor kurzem ein schönes altes Marmorbild der Göttin Juno, mit einem goldenen Heiligenschein versehen, als Marienbild aufgestellt worden war, um diese Gottesgabe der Kunst nicht umkommen zu lassen. Vor dieser Maria warf er sich nieder und trug ihr inbrünstig seinen Zweifel vor, und er bat seine Meisterin um ein Zeichen. Wenn sie mit dem Kopfe nicke, so wolle er die Bekehrung vollenden, wenn sie ihn schüttle, so wolle er davon abstehen.

Allein das Bild ließ ihn in der grausamsten Ungewißheit und tat keins von beidem, weder nickte es, noch schüttelte es den Kopf. Nur als ein rötlicher Schein vorüberziehender Frühwolken über den Marmor flog, schien das Gesicht auf das holdeste zu lächeln, mochte es nun sein, daß die alte Göttin, die Beschützerin ehelicher Zucht und Sitte, sich bemerklich machte oder daß die neue über die Not ihres Verehrers lachen mußte; denn im Grunde waren beides Frauen, und diese lächert es immer, wenn ein Liebeshandel im Anzug ist. Aber Vitalis wurde davon nicht klüger; im Gegenteil machte ihm die Schönheit des Anblickes noch wunderlicher zu Mut, ja merkwürdigerweise schien das Bild die Züge der errötenden Jole anzunehmen, welche ihn aufforderte, ihr die Liebe zu ihm aus dem Sinne zu treiben.

Indessen wandelte um die gleiche Zeit der Vater Joles unter den Zypressen seines Gartens umher; er hatte einige sehr schöne neue Steine erworben, deren Bildwerke ihn so früh auf die Beine gebracht. Entzückt betrachtete er dieselben, indem er sie in der aufgehenden Sonne spielen ließ. Da war ein nächtlicher Amethyst, worauf Luna ihren Wagen durch den Himmel führte, nicht ahnend, daß sich Amor hinten aufgehockt, während umherschwärmende Amoretten auf griechisch ihr zuriefen: Es sitzt einer hintenauf! Ein prächtiger Onyx zeigte Minerva, welche achtlos sinnend den Amor auf dem Schoße hielt, der mit seiner Hand eifrig ihren Brustharnisch polierte, um sich darin zu spiegeln. Auf einem Karneol endlich tummelte sich Amor als ein Salamander in einem vestalischen Feuer herum und setzte die Hüterin desselben in Verwirrung und Schrecken.

Diese Szenen reizten den Alten zu einigen Distichen, und er besann sich, welches er zuerst in Angriff nehmen wolle, als sein Töchterchen Jole blaß und überwacht durch den Garten kam. Besorgt und verwundert rief er sie an und fragte, was ihr den Schlaf geraubt habe? Ehe sie aber antworten konnte, zeigte er ihr seine Kleinode und erklärte ihr den Sinn derselben.

Da tat sie einen tiefen Seufzer und sagte: »Ach, wenn alle diese großen Mächte, die Keuschheit selbst, die Weisheit und die Religion sich nicht vor der Liebe bewahren können, wie soll ich armes unbedeutendes Geschöpf mich wider sie befestigen?«

Über diese Worte erstaunte der alte Herr nicht wenig. »Was muß ich hören?« sagte er, »sollte dich das Geschoß des starken Eros getroffen haben?«

»Es hat mich durchbohrt«, erwiderte sie, »und wenn ich nicht binnen Tag und Nacht im Besitz des Mannes bin, welchen ich liebe, so bin ich des Todes!«

Obgleich nun der Vater gewohnt war, ihr in allem zu willfahren, was sie begehrte, so war ihm diese Eile jetzt doch etwas zu heftig, und er mahnte die Tochter zu Ruhe und Besonnenheit. Letztere fehlte ihr aber keineswegs, und sie gebrauchte dieselbe so gut, daß der Alte ausrief: »So soll ich denn die elendeste aller Vaterpflichten ausüben, indem ich nach dem Erwählten, nach dem Männchen auslaufe und es an der Nase zum Besten hinführe, was ich mein nenne, und ihn bitte, doch ja Besitz davon zu nehmen? Hier ist ein schmuckes Weibchen, lieber Herr, bitte, verschmäh es nicht! Ich möchte dir zwar lieber einige Ohrfeigen geben, aber das Töchterchen will sterben, und ich, muß höflich sein! Also laß dir's doch in Gnaden belieben, genieße ums Himmels willen das Pastetchen, das sich dir bietet! Es ist trefflich gebacken und schmilzt dir auf der Zunge!«

»Alles das ist uns erspart«, sagte Jole, »denn wenn du es nur erlaubst, so hoffe ich ihn dazu zu bringen, daß er von selbst kommt und um mich anhält.«

»Und wenn er alsdann, den ich gar nicht kenne, ein Schlingel und ein Taugenichts ist?«

»Dann soll er mit Schimpf weggejagt werden! Er ist aber ein Heiliger!«

»So geh denn und überlaß mich den Musen!« sagte der gute Alte.

Als der Abend kam, folgte die Nacht nicht so schnell der Dämmerung, als Vitalis hinter Jole her im bekannten Häuschen erschien. Aber so war er noch nie hier eingetreten. Das Herz klopfte ihm, und er mußte empfinden, was es heiße, ein Wesen wiederzusehen, das einen solchen Trumpf ausgespielt hat. Ein anderer Vitalis stieg die Treppe hinauf, als in der Frühe heruntergestiegen war, obschon er selbst am wenigsten davon verstand, da der arme Mädchenbekehrer und verrufene Mönch nicht einmal den Unterschied zwischen dem Lächeln einer Buhldirne und demjenigen einer ehrlichen Frau gekannt hatte.

Doch kam er immerhin in der guten Meinung und mit dem alten Vorsatze, dem Ungeheuerchen jetzt endlich alle unnützen Gedanken aus dem Köpfchen zu treiben; nur schwebte ihm vor, als ob er nach gelungenem Werke dann doch etwa eine Pause in seiner Märtyrtätigkeit sich erlauben möchte, zumal ihn diese sehr zu ermüden begann.

Aber es war ihm beschieden, daß in dieser verhexten Behausung stets neue Überraschungen seiner warteten. Als er jetzt das Gemach betrat, war es aufs anmutigste ausgeziert und mit allen Wohnlichkeiten versehen. Ein fein einschmeichelnder Blumenduft erfüllte den Raum und stimmte zu einer gewissen sittigen Weltlichkeit; auf einem blühweißen Ruhbett, an dessen Seite kein unordentliches Fältchen sichtbar war, saß Jole herrlich geschmückt, in süß bekümmerter Melancholie, gleich einem spintisierenden Engel. Unter dem schönfaltigen Brustkleide wogte es so rauh wie der Sturm in einem Milchbecher, und so schön die weißen Arme erglänzten, die sie unter der Brust übereinandergelegt hatte, so sah doch all dieser Reiz so gesetzlich und erlaubt in die Welt, daß Vitalissens gewohnte Redekunst in seinem Halse steckenblieb.

»Du bist verwundert, schönster Mönch!« begann Jole, »diesen Staat und Putz hier zu finden! Wisse, dies ist der Abschied, den ich von der Welt zu nehmen gedenke, und damit will ich zugleich die Neigung ablegen, die ich leider zu dir empfinden muß. Allein dazu sollst du mir helfen nach deinem besten Vermögen und auf die Art, wie ich mir ausgedacht habe und wie ich von dir verlange. Wenn du nämlich in diesem Gewande und als geistlicher Mann zu mir sprichst, so ist das immer das gleiche, und das Gebaren eines Klerikers vermag mich nicht zu überzeugen, da ich der Welt angehöre. Ich kann nicht durch einen Mönch von der Liebe geheilt werden, da er sie nicht kennt und nicht weiß, von was er spricht. Ist es dir daher recht Ernst, mir Ruhe zu geben und mich dem Himmel zuzuwenden, so geh in jenes Kämmerlein, wo weltliche Gewänder bereitliegen. Dort vertausche deinen Mönchshabit mit jenen, schmücke dich als Weltmann, setze dich nachher zu mir, um gemeinsam mit mir ein kleines Mahl einzunehmen, und in dieser weltlichen Lage biete alsdann all deinen Scharfsinn und Verstand auf, mich von dir ab- und der Gottseligkeit zuzudrängen!«

Vitalis erwiderte hierauf nichts, sondern besann sich eine Weile; sodann beschloß er, alle Beschwerde nun mit *einem* Schlage zu enden und den Weltteufel wirklich mit seinen eigenen Waffen zu Paaren zu treiben, indem er auf Joles eigensinnigen Vorschlag einginge.

Er begab sich also wirklich in das anstoßende Gemach, wo ein paar Knechtlein mit prächtigen Gewändern in Linnen und Purpur seiner harrten. Kaum hatte er dieselben angezogen, so schien er um einen Kopf höher zu sein, und er schritt mit edlem Anstand zu Jolen zurück, welche mit den Augen an ihm hing und freudevoll in die Hände klatschte.

Nun geschah aber ein wahres Wunder und eine seltsame Umwandlung mit dem Mönch; denn kaum saß er in seinem weltlichen Staat neben dem anmutvollen Weibe, so war die nächste Vergangenheit wie weggeblasen aus seinem Gehirn, und er vergaß gänzlich seines Vorsatzes. Anstatt ein einziges Wort hervorzubringen, lauschte er begierig auf Joles Worte, welche seine Hand ergriffen hatte und ihm nun ihre wahre Geschichte erzählte, nämlich wer sie sei, wo sie wohne und wie es ihr sehnlichster Wunsch wäre, daß er seine eigentümliche Lebensweise verlassen und bei ihrem Vater sich um ihre Hand bewerben möchte, auf daß er ein guter und Gottgefälliger Ehemann würde. Sie sagte noch viele wundersame Dinge in den zierlichsten Worten über eine glückliche und tugendreiche Liebesgeschichte, schloß aber mit dem Seufzer, daß sie wohl einsehe, wie vergeblich ihre Sehnsucht sei, und daß er nun sich bemühen möge, ihr alle diese Dinge auszureden, aber nicht, bevor er sich durch Speise und Trank gehörig dazu gestärkt habe.

Nun trugen auf ihren Wink ihre Leute Trinkgefäße auf den Tisch nebst einem Körbchen mit Backwerk und Früchten. Jole mischte dem stillen Vitalis eine Schale Wein und reichte ihm liebevoll etwas zu essen, so daß er sich wie zu Hause fühlte und ihm fast seine Kinderjahre in den Sinn kamen, wo er als Knäbchen zärtlich von seiner Mutter gespeist worden. Er aß und trank, und als dies geschehen, da war es ihm, als ob er nun vorerst von langer Mühsal ausruhen möchte, und siehe da, mein Vitalis neigte sein Haupt zur Seite, nach Jolen hin, und schlief ohne Säumnis ein und bis die Sonne aufging.

Als er erwachte, war er allein und niemand weder zu sehen noch zu hören. Heftig sprang er auf und erschrak über das glänzende Gewand, in dem er steckte; hastig stürmte er durch das Haus von oben bis unten, seine Mönchskutte zu suchen; aber nicht die kleinste Spur war davon zu finden, bis er in einem kleinen Höfchen einen Haufen Kohlen und Asche sah, auf welchem ein halbverbrannter Ärmel seines Priestergewandes lag, so daß er mit Recht vermutete, dasselbe sei hier feierlich verbrannt worden.

Er steckte nun vorsichtig den Kopf bald durch diese, bald durch jene Öffnung auf die Straße und zog sich jedesmal zurück, wenn jemand nahte. Endlich warf er sich auf das seidene Ruhbett, so bequem und lässig, als ob er nie auf einem harten Mönchslager geruht hätte; dann raffte er sich zusammen, ordnete das Gewand und schlich aufgeregt an die Haustüre. Dort zögerte er noch ein Weilchen; plötzlich aber riß er sie weit auf und ging mit Glanz und Würde ins Freie. Niemand erkannte ihn; alles hielt ihn für einen großen Herren aus der Ferne, welcher sich hier zu Alexandria einige gute Tage mache.

Er sah indessen weder rechts noch links, sonst würde er Jole auf der Zinne ihres Hauses gesehen haben. So ging er denn geraden Weges nach seinem Kloster, wo aber sämtliche Mönche samt ihrem Vorsteher eben beschlossen hatten, ihn aus ihrer Mitte zu verstoßen, weil das Maß seiner Sünden nun voll sei und er nur zum Ärgernis und Schaden der Kirche gereiche. Als sie ihn gar in seinem weltlichen hoffärtigen Aufzuge ankommen sahen, stieß das dem Fasse ihrer Langmut vollends den Boden aus; sie besprengten und begossen ihn mit Wasser von allen Seiten und trieben ihn mit Kreuzen, Besen, Gabeln und Kochlöffeln aus dem Kloster.

Diese schnöde Behandlung wäre ihm zu anderer Zeit ein Hochgenuß und Triumph seines Märtyrtums gewesen. Jetzt lachte er zwar auch inwendig, aber in ziemlich anderem Sinne. Noch ging er einmal um die Ringmauern der Stadt herum und ließ seinen roten Mantel im Winde fliegen; eine herrliche Luft wehte vom Heiligen Lande her über das blitzende Meer, aber Vitalis wurde immer weltlicher im Gemüt, und unversehens lenkte er seinen Gang wieder in die geräuschvollen Straßen der Stadt, suchte das Haus, wo Jole wohnte, und erfüllte deren Willen.

Er wurde jetzt ein ebenso trefflicher und vollkommener Weltmann und Gatte, als er ein Märtyrer gewesen war; die Kirche aber, als sie den wahren Tatbestand vernahm, war untröstlich über den Abgang eines solchen Heiligen und wendete alles an, den Flüchtigen wieder in ihren Schoß zu ziehen. Allein Jole hielt ihn fest und meinte, er sei bei ihr gut genug aufgehoben.

Dorotheas Blumenkörbchen

> Aber sich so verlieren, ist mehr sich finden.
>
> *Franciscus Ludovicus Blosius,*
> *Geistlicher Unterricht, Kap. 12*

Am südlichen Ufer des Pontus Euxinus, unweit der Mündung des Flusses Halys, lag im Lichte des hellsten Frühlingsmorgens ein römisches Landhaus. Von den Wassern des Pontus her trug ein Nordostwind erfrischende Kühle durch die Gärten, daß es den Heiden und den heimlichen Christen so wohlig zu Mute war wie den zitternden Blättern an den Bäumen.

In einer Laube am Meere stand abgeschieden von der übrigen Welt ein junges Paar, ein hübscher junger Mann gegenüber dem allerzartesten Mädchen. Dieses hielt eine große, schön geschnittene Schale empor, aus durchscheinendem rötlichen Steine gemacht, um sie von dem Jüngling bewundern zu lassen, und die Morgensonne strahlte gar herrlich durch die Schale, deren roter Schein auf dem Gesichte des Mädchens dessen eigenes Erröten verbarg.

Es war die Patrizierstochter Dorothea, um welche sich Fabrizius, der Statthalter der Provinz Kappadozien, heftig bewarb. Da er aber ein pedantischer Christenverfolger war und Dorotheas Eltern sich von der neuen Weltanschauung angezogen fühlten und dieselbe sich fleißig anzueignen suchten, so sträubten sie sich so gut als möglich gegen das Andrängen des mächtigen Inquisitoren. Nicht daß sie etwa ihre Kinder in geistliche Kämpfe hineinziehen und deren Herzen als Kaufschillinge des Glaubens verwerten wollten; hiezu waren sie zu edel und frei gesinnt. Allein sie dachten eben, ein religiöser Menschenquäler sei jederzeit auch ein schlechter Herzensbefriediger.

Diese Erwägung brauchte Dorothea selbst zwar nicht anzustellen, da sie ein anderes Schutzmittel gegen die Bewerbung des Statthalters besaß, nämlich die Neigung zu dessen Geheimschreiber Theophilus, der eben jetzt bei ihr stand und seltsam in die rötliche Schale blickte.

Theophilus war ein sehr wohlgebildeter und feiner Mensch von hellenischer Abkunft, der sich aus widrigen Schicksalen emporgeschwungen und bei jedermann eines guten Ansehens genoß. Aber von der Not seiner Jugend her war ihm ein etwas mißtrauisches und verschlossenes Wesen geblieben, und indem er sich mit dem, was er sich selbst verdankte, begnügte, glaubte er nicht leicht, daß ihm irgend jemand aus freien Stücken besonders zugetan sei. Er sah die junge Dorothea für sein Leben gern; aber schon der Umstand, daß der vornehmste Mann in Kappadozien sich um sie bewarb, hielt ihn ab, etwas für sich zu hoffen, und um keinen Preis hätte er neben diesem Herren eine lächerliche Figur machen mögen.

Nichtsdestoweniger suchte Dorothea ihre Wünsche zu einem guten Ziele zu führen und sich vorderhand so oft als möglich seiner Gegenwart zu versichern. Und da er fortwährend ruhig und gleichgültig schien, steigerte sich ihre Leidenschaft bis zu mißlichen kleinen Listen, und sie suchte ihn durch die Eifersucht in Bewegung zu bringen, indem sie sich mit dem Statthalter Fabrizius zu schaffen zu machen und freundlicher gegen denselben zu werden schien. Aber der arme Theophil verstand dergleichen Spaß gar nicht, und wenn er ihn verstanden hätte, so wäre er viel zu stolz gewesen, sich eifersüchtig zu zeigen. Dennoch wurde er allmählich hingerissen und verwirrt, so daß er sich zuweilen verriet, aber sofort wieder zusammennahm und verschloß, und der zarten Verliebten blieb nichts anderes übrig, als etwas gewaltsam vorzugehen und bei Gelegenheit das Netz unversehens zuzuziehen.

Er hielt sich in Staatsgeschäften in der pontischen Landschaft auf, und Dorothea, dies wissend, war ihren Eltern aus Cäsarea für die angebrochenen Frühlingstage auf das Landgut gefolgt. So hatte sie ihn an diesem Morgen auf mühevoll ausgedachte und kluge Weise in die Laube zu bringen gewußt, halb wie aus Zufall, halb wie mit freundlicher Absicht, daß beides ihn, das gute Geschick und die erzeigte Freundlichkeit, heiter und zutraulich stimmen sollten und es auch taten.

Sie wollte ihm die Vase zeigen, die ihr ein wohlwollender Oheim zum Namensfest aus Trapezunt herübergesendet hatte. Ihr Gesicht strahlte in reiner Freude, den Geliebten so nah und einsam bei sich sehen und ihm etwas Schönes zeigen zu können, und auch ihm ward wirklich froh zu Mut; die Sonne ging endlich voll in ihm auf, so daß er nicht mehr hindern konnte, daß sein Mund gläubig lachte und seine Augen glänzten.

Aber die Alten haben vergessen, neben dem holden Eros die neidische Gottheit zu nennen, welche im entscheidenden Augenblicke, wenn das Glück dicht am nächsten steht, den Liebenden einen Schleier über die Augen wirft und ihnen das Wort im Munde verdreht.

Als sie ihm die Schale vertrauensvoll in die Hände gab und er fragte, wer sie geschenkt habe, da verleitete sie ein freudiger Übermut zu der Schalkheit, daß sie antwortete: »Fabrizius!« und sie war dabei des sicheren Gefühls, daß er den Scherz nicht mißverstehen könne. Da sie jedoch unfähig war, ihrem froh erregten Lächeln jenen Zug von Spott über den genannten Abwesenden beizumischen, welcher den Scherz deutlich gemacht hätte, so glaubte Theophilus fest, ihre holde ehrliche Freude gelte nur dem Geschenk und dessen Geber und er sei arg in eine Falle gegangen, indem er einen Kreis übertreten, der schon geschlossen und ihm fremd sei. Stumm und beschämt schlug er die Augen nieder, fing an zu zittern und ließ das glänzende Schaustück zu Boden fallen, wo es in Stücke zersprang.

Im ersten Schreck vergaß Dorothea ihren Scherz gänzlich und auch ein wenig den Theophilus und bückte sich nur bekümmert nach den Scherben, indem sie rief: »Wie ungeschickt!« ohne ihn anzusehen, so daß sie jene Veränderung in seinem Gesichte nicht bemerkte und keine Ahnung von seinem Mißverständnisse hatte.

Als sie sich wieder aufrichtete und, sich schnell fassend, zu ihm wendete, hatte sich Theophilus schon stolz zusammengerafft. Finster und gleichgültig dreinschauend, blickte er sie an, bat sie beinahe spöttisch um Verzeihung, einen vollen Ersatz für das verunglückte Gefäß verheißend, grüßte und verließ den Garten.

Erblassend und traurig sah sie seiner schlanken Gestalt nach, welche die weiße Toga fest an sich zog und den schwarzen Krauskopf wie in fern abschweifenden Gedanken zur Seite neigte.

Die Wellen des silbernen Meeres schlugen sanft und langsam gegen die Marmorstufen des Ufers, stille war es sonst weit umher und Dorothea mit ihren kleinen Künsten zu Ende.

Weinend schlich sie mit den zusammengelesenen Scherben der Schale nach ihrem Gemach, um sie dort zu verbergen.

Sie sahen sich jetzt manche Monate nicht mehr; Theophilus kehrte unverweilt nach der Hauptstadt zurück, und als auch Dorothea im Herbste wiederkam, vermied er sorgfältig jedes Zusammentreffen, da ihn schon die Möglichkeit, ihr zu begegnen, erschreckte und aufregte, und so war die ganze Herrlichkeit für einmal dahin.

Es begab sich nun auf natürliche Art, daß sie Trost suchte in dem neuen Glauben ihrer Eltern, und sobald diese es vermerkten, säumten sie nicht, ihr Kind darin zu bestärken und sie ganz in ihre Glaubens- und Ausdrucksweisen einzuführen.

Inzwischen hatten jene scheinbaren Freundlichkeiten Dorotheas auf den Statthalter ebenfalls ihre unglückliche Wirkung geübt, so daß Fabrizius mit verdoppelter Heftigkeit seine Bewerbung erneuerte und sich hiezu für berechtigt hielt. Um so betroffener war auch er, als Dorothea ihn kaum mehr anzublicken vermochte und er ihr widerwärtiger geworden zu sein schien als das Unglück selbst. Allein er zog sich deshalb nicht zurück; vielmehr steigerte er seine Zudringlichkeit, indem er zugleich anfing, wegen ihres neuen Glaubens zu zanken und ihr Gewissen zu bedrängen, Schmeicheleien mit schlecht verhehlten Bedrohungen vermischend.

Dorothea jedoch bekannte sich offen und furchtlos zu ihrem Glauben und wendete sich von ihm weg wie von einem wesenlosen Schatten, den man nicht sieht.

Theophil hörte von all diesem und wie das gute Mädchen nicht die besten Tage hätte. Am meisten überraschte ihn die Kunde, daß sie von dem Prokonsul schlechterdings nichts wissen wolle. Obgleich er in Ansehung der Religion altweltlich oder gleichgültig gesinnt war, nahm er doch kein Ärgernis an dem neuen Glauben des Mädchens und begann voll Teilnahme sich wieder mehr zu nähern, um etwa besser zu sehen und zu hören, wie es ihr ergehe. Aber wo sie stand und ging, sprach sie jetzt nichts als in den zärtlichsten und sehnsüchtigsten Ausdrücken von einem himmlischen Bräutigam, den sie gefunden, der in unsterblicher Schönheit ihrer warte, um sie an seine leuchtende Brust zu nehmen und ihr die Rose des ewigen Lebens zu reichen usw.

Diese Sprache verstand er ganz und gar nicht; sie ärgerte und kränkte ihn und erfüllte sein Herz mit einer seltsam peinlichen Eifersucht gegen den unbekannten Gott, welcher den Sinn des schwachen Weibes betöre. Denn er konnte die Ausdrucksweise der aufgeregten und verlassenen Dorothea auf keine andere als auf altmythologische Manier verstehen und erklären. Gegen einen Überirdischen aber eifersüchtig zu sein, verletzte seinen Stolz nicht mehr, so wie auch das Mitleid für ein Weib verstummte, welches sich der Vereinigung mit Göttern rühmte. Und doch war es nur die fruchtlose Liebe zu ihm, welche ihr jene Reden in den Mund gab, so wie er selbst den Stachel der Leidenschaft fortwährend im Herzen behielt.

So zog sich der Zustand eine kleine Weile hin, als Fabrizius unversehens denselben gewaltsam anpackte. Erneuerte kaiserliche Befehle zur Christenverfolgung zum Vorwand nehmend, ließ er Dorothea mit ihren Eltern gefangensetzen, die Tochter jedoch getrennt in einen Kerker werfen und um ihren Glauben peinlich verhören. Neugierig näherte er sich selbst und hörte, wie sie laut die alten Götter schmähte, sich zu Christo als dem alleinigen Herren der Welt bekannte, dem sie als Braut anverlobt sei. Da befiel auch den Statthalter eine grimmige Eifersucht. Er beschloß ihre Vernichtung und befahl, sie zu martern und, wenn sie beharre, zu töten. Dann ging er weg. Sie wurde auf einen eisernen Rost gelegt, unter welchem Kohlen in der Art entfacht waren, daß die Hitze nur langsam anstieg. Aber es tat dem zarten Körper doch weh. Sie schrie gedämpft einige Male, indem ihre an den Rost gefesselten Glieder sich bewegten und Tränen aus ihren Augen flossen. Unterdessen hatte Theophilus, der sich von jeder Beteiligung an solchen Verfolgungen fernzuhalten pflegte, von der Sache gehört und war voll Unruhe und Schrecken herbeigeeilt; die eigene Sicherheit vergessend, drängte er sich durch das gaffende Volk, und als er Dorothea nun selber leise klagen hörte, entriß er einem Soldaten das Schwert und stand mit einem Sprunge vor ihrem Marterbette.

»Tut es weh, Dorothea?« sagte er schmerzlich lächelnd, im Begriffe, ihre Bande zu durchschneiden. Aber sie antwortete, plötzlich wie von allem Schmerz verlassen und von größter Wonne erfüllt: »Wie sollte es weh tun, Theophilus? Das sind ja die Rosen meines vielgeliebten Bräutigams, auf denen ich liege! Sieh, heute ist meine Hochzeit!«

Gleich einem feinen lieblichen Scherze schwebte es um ihre Lippen, während ihre Augen voll Seligkeit auf ihn blickten. Ein überirdischer Glanz schien sie samt ihrem Lager zu verklären; eine feierliche Stille verbreitete sich, Theophilus ließ das Schwert sinken, warf es weg und trat wiederum beschämt und betreten zurück, wie an jenem Morgen in dem Garten am Meere.

Da brannte die Glut aufs neue, Dorothea seufzte auf und verlangte nach dem Tode. Der wurde ihr denn auch gewährt, so daß sie auf den Richtplatz hinausgeführt wurde, um dort enthauptet zu werden.

Leichten Schrittes ging sie einher, gefolgt von dem gedankenlosen und lärmenden Volke. Sie sah den Theophilus am Wege stehen, der kein Auge von ihr wandte. Ihre Blicke begegneten sich, Dorothea stand einen Augenblick stille und sagte anmutig zu ihm: »O Theophilus, wenn du wüßtest, wie schön und herrlich die Rosengärten meines Herren sind, in welchen ich nach wenig Augenblicken wandeln werde, und wie gut seine süßen Äpfel schmecken, die dort wachsen, du würdest mit mir kommen!«

Da erwiderte Theophilus bitter lächelnd: »Weißt du was, Dorothea? Sende mir einige von deinen Rosen und Äpfeln, wenn du dort bist, zur Probe!«

Da nickte sie freundlich und zog ihres Weges weiter.

Theophilus blickte ihr nach, bis die von der Abendsonne vergoldete Staubwolke, welche den Zug begleitete, in der Ferne verschwand und die Straße leer und stille war. Dann ging er mit verhülltem Haupte nach seinem Hause und bestieg wankenden Schrittes dessen Zinne, von wo aus man nach dem Argeusgebirge hinschauen konnte, auf dessen Vorhügeln einem der Richtplatz gelegen war. Er konnte gar wohl ein dunkles Menschengewimmel dort erkennen und breitete sehnsüchtig seine Arme nach jener Gegend aus. Da glaubte er im Glanze der scheidenden Sonne das fallende Beil aufblitzen zu sehen und stürzte zusammen, mit dem Gesichte auf den Boden hingestreckt. Und in der Tat war Dorotheas Haupt um diese Zeit gefallen.

Aber nicht lange war er reglos so gelegen, als ein heller Glanz die Dämmerung erleuchtete und blendend unter Theophils Hände drang, auf denen sein Gesicht lag, und in seine verschlossenen Augen sich ergoß wie ein flüssiges Gold. Gleichzeitig erfüllte ein feiner Wohlgeruch die Luft. Wie von einem ungekannten neuen Leben erfüllt, richtete der junge Mann sich auf; ein wunderschöner Knabe stand vor ihm, mit goldenen Ringelhaaren, in ein sternenbesäetes Gewand gekleidet und mit leuchtenden nackten Füßen, der in den ebenso leuchtenden Händen ein Körbchen trug. Das Körbchen war gefüllt mit den schönsten Rosen, dergleichen man nie gesehen, und in diesen Rosen lagen drei paradiesische Äpfel.

Mit einem unendlich treuherzigen und offenen Kindeslächeln und doch nicht ohne eine gewisse anmutige List sagte das Kind: »Dies schickt dir Dorothea!« gab ihm das Körbchen in die Hände, indem es noch fragte: »Hältst du's auch?« und verschwand.

Theophilus hielt das Körbchen, das nicht verschwunden war, wirklich in Händen; die drei Äpfel fand er leicht angebissen von zwei zierlichen Zähnen, wie es unter den Liebenden des Altertums gebräuchlich war. Er aß dieselben langsam auf, den entflammten Sternenhimmel über sich. Eine gewaltige Sehnsucht durchströmte ihn mit süßem Feuer, und das Körbchen an die Brust drückend, es mit dem Mantel verhüllend, eilte er vom Hausdache herunter, durch die Straßen und in den Palast des Statthalters, der beim Mahle saß und einen wilden Ärger, der ihn erfüllte, mit unvermischtem Kolcher Wein zu betäuben suchte.

Mit glänzenden Augen trat Theophilus vor ihn, ohne sein Körbchen zu enthüllen, und rief vor dem ganzen Hause: »Ich bekenne mich zu Dorotheas Glauben, die ihr soeben getötet habt, es ist der allein wahre!«

»So fahre der Hexe nach!« antwortete der Statthalter, der mit jähem Zorne und von einem glühenden Neide gepeinigt aufsprang und den Geheimschreiber noch in derselben Stunde enthaupten ließ.

So war Theophilus noch am gleichen Tage für immer mit Dorotheen vereinigt. Mit dem ruhigen Blicke der Seligen empfing sie ihn; wie zwei Tauben, die, vom Sturme getrennt, sich wiedergefunden und erst in weitem Kreise die Heimat umziehen, so schwebten die Vereinigten Hand in Hand, eilig, eilig und ohne Rasten an den äußersten Ringen des Himmels dahin, befreit von jeder Schwere und doch sie selber. Dann trennten sie sich spielend und verloren sich in weiter Unendlichkeit, während jedes wußte, wo das andere weile und was es denke, und zugleich mit ihm alle Kreatur und alles Dasein mit süßer Liebe umfaßte. Dann suchten sie sich wieder mit wachsendem Verlangen, das keinen Schmerz und keine Ungeduld kannte; sie fanden sich und wallten wieder vereinigt dahin oder ruhten im Anschaun ihrer selbst und schauten die Nähe und Ferne der unendlichen Welt. Aber einst gerieten sie in holdestem Vergessen zu nahe an das kristallene Haus der Heiligen Dreifaltigkeit und gingen hinein; dort verging ihnen das Bewußtsein, indem sie, gleich Zwillingen unter dem Herzen ihrer Mutter, entschliefen und wahrscheinlich noch schlafen, wenn sie inzwischen nicht wieder haben hinauskommen können.

Das Tanzlegendchen

> Du Jungfrau Israel, du sollst noch
> fröhlich pauken und herausgehen
> an den Tanz. – Alsdann werden die
> Jungfrauen fröhlich am Reigen sein, dazu die
> junge Mannschaft und die Alten miteinander.

Jeremia 31, 4. 13

Nach der Aufzeichnung des heiligen Gregorius war Musa die Tänzerin unter den Heiligen. Guter Leute Kind, war sie ein anmutvolles Jungfräulein, welches der Mutter Gottes fleißig diente, nur von *einer* Leidenschaft bewegt, nämlich von einer unbezwinglichen Tanzlust, dermaßen, daß, wenn das Kind nicht betete, es unfehlbar tanzte. Und zwar auf jegliche Weise. Musa tanzte mit ihren Gespielinnen, mit Kindern, mit den Jünglingen und auch allein; sie tanzte in ihrem Kämmerchen, im Saale, in den Gärten und auf den Wiesen, und selbst wenn sie zum Altare ging, so war es mehr ein liebliches Tanzen als ein Gehen, und auf den glatten Marmorplatten vor der Kirchentüre versäumte sie nie, schnell ein Tänzchen zu probieren.

Ja, eines Tages, als sie sich allein in der Kirche befand, konnte sie sich nicht enthalten, vor dem Altar einige Figuren ausführen und gewissermaßen der Jungfrau Maria ein niedliches Gebet vorzutanzen. Sie vergaß sich dabei so sehr, daß sie bloß zu träumen wähnte, als sie sah, wie ein ältlicher, aber schöner Herr ihr entgegentanzte und ihre Figuren so gewandt ergänzte, daß beide zusammen den kunstgerechtesten Tanz begingen. Der Herr trug ein purpurnes Königskleid, eine goldene Krone auf dem Kopf und einen glänzend schwarzen gelockten Bart, welcher vom Silberreif der Jahre wie von einem fernen Sternenschein überhaucht war. Dazu ertönte eine Musik vom Chore her, weil ein halbes Dutzend kleiner Engel auf der Brüstung desselben stand oder saß, die dicken runden Beinchen darüber hinunterhängen ließ und die verschiedenen Instrumente handhabte oder blies. Dabei waren die Knirpse ganz gemütlich und praktisch und ließen sich die Notenhefte von ebensoviel steinernen Engelsbildern halten, welche sich als Zierat auf dem Chorgeländer fanden; nur der Kleinste, ein pausbäckiger Pfeifenbläser, machte eine Ausnahme, indem er die Beine übereinanderschlug und das Notenblatt mit den rosigen Zehen zu halten wußte. Auch war der am eifrigsten; die übrigen bammelten mit den Füßen, dehnten, bald dieser, bald jener, knisternd die Schwungfedern aus, daß die Farben derselben schimmerten wie Taubenhälse, und neckten einander während des Spieles.

Über alles dies sich zu wundern, fand Musa nicht Zeit, bis der Tanz beendigt war, der ziemlich lang dauerte; denn der lustige Herr schien sich dabei so wohl zu gefallen als die Jungfrau, welche im Himmel herumzuspringen meinte. Allein als die Musik aufhörte und Musa hochaufatmend dastand, fing sie erst an, sich ordentlich zu fürchten, und sah erstaunt auf den Alten, der weder keuchte noch warm hatte und nun zu reden begann. Er gab sich als David, den königlichen Ahnherren der Jungfrau Maria, zu erkennen und als deren Abgesandten. Und er fragte sie, ob sie wohl Lust hätte, die ewige Seligkeit in einem unaufhörlichen Freudentanze zu verbringen, einem Tanze, gegen welchen der soeben beendigte ein trübseliges Schleichen zu nennen sei?

Worauf sie sogleich erwiderte, sie wüßte sich nichts Besseres zu wünschen! Worauf der selige König David wiederum sagte: So habe sie nichts anderes zu tun, als während ihrer irdischen Lebenstage aller Lust und allem Tanze zu entsagen und sich lediglich der Buße und den geistlichen Übungen zu weihen, und zwar ohne Wanken und ohne allen Rückfall.

Diese Bedingung machte das Jungfräulein stutzig, und sie sagte: Also gänzlich müßte sie auf das Tanzen verzichten? Und sie zweifelte, ob denn auch im Himmel wirklich getanzt würde? Denn alles habe seine Zeit; dieser Erdboden schiene ihr gut und zweckdienlich, um darauf zu tanzen, folglich würde der Himmel wohl andere Eigenschaften haben, ansonst ja der Tod ein überflüssiges Ding wäre.

Allein David setzte ihr auseinander, wie sehr sie in dieser Beziehung im Irrtum sei, und bewies ihr durch viele Bibelstellen sowie durch sein eigenes Beispiel, daß das Tanzen allerdings eine geheiligte Beschäftigung für Selige sei. Jetzo aber erfordere es einen raschen Entschluß, ja oder nein, ob sie durch zeitliche Entsagung zur ewigen Freude eingehen wolle oder nicht; wolle sie nicht, so gehe er weiter; denn man habe im Himmel noch einige Tänzerinnen vonnöten.

Musa stand noch immer zweifelhaft und unschlüssig und spielte ängstlich mit den Fingerspitzen am Munde; es schien ihr zu hart, von Stund an nicht mehr zu tanzen um eines unbekannten Lohnes willen.

Da winkte David, und plötzlich spielte die Musik einige Takte einer so unerhört glückseligen, überirdischen Tanzweise, daß dem Mädchen die Seele im Leibe hüpfte und alle Glieder zuckten; aber sie vermochte nicht eines zum Tanze zu regen, und sie merkte, daß ihr Leib viel zu schwer und starr sei für diese Weise. Voll Sehnsucht schlug sie ihre Hand in diejenige des Königs und gelobte das, was er begehrte.

Auf einmal war er nicht mehr zu sehen, und die musizierenden Engel rauschten, flatterten und drängten sich durch ein offenes Kirchenfenster davon, nachdem sie in mutwilliger Kinder Weise ihre zusammengerollten Notenblätter den geduldigen Steinengeln um die Backen geschlagen hatten, daß es klatschte.

Aber Musa ging andächtigen Schrittes nach Hause, jene himmlische Melodie im Ohr tragend, und ließ sich ein grobes Gewand anfertigen, legte alle Zierkleidung ab und zog jenes an. Zugleich baute sie sich im Hintergrunde des Gartens ihrer Eltern, wo ein dichter Schatten von Bäumen lagerte, eine Zelle, machte ein Bettchen von Moos darin und lebte dort von nun an abgeschieden von ihren Hausgenossen als eine Büßerin und Heilige. Alle Zeit brachte sie im Gebete zu, und öfter schlug sie sich mit einer Geißel; aber ihre härteste Bußübung bestand darin, die Glieder still und steif zu halten; sobald nur ein Ton erklang, das Zwitschern eines Vogels oder das Rauschen der Blätter in der Luft, so zuckten ihre Füße und meinten, sie müßten tanzen.

Als dies unwillkürliche Zucken sich nicht verlieren wollte, welches sie zuweilen, ehe sie sich dessen versah, zu einem kleinen Sprung verleitete, ließ sie sich die feinen Füßchen mit einer leichten Kette zusammenschmieden. Ihre Verwandten und Freunde wunderten sich über die Umwandlung Tag und Nacht, freuten sich über den Besitz einer solchen Heiligen und hüteten die Einsiedelei unter den Bäumen wie einen Augapfel. Viele kamen, Rat und Fürbitte zu holen. Vorzüglich brachte man junge Mädchen zu ihr, welche etwas träg und unbeholfen auf den Füßen waren, da man bemerkt hatte, daß alle, welche sie berührt, alsobald leichten und anmutvollen Ganges wurden.

So brachte sie drei Jahre in ihrer Klause zu; aber gegen das Ende des dritten Jahres war Musa fast so dünn und durchsichtig wie ein Sommerwölklein geworden. Sie lag beständig auf ihrem Bettchen von Moos und schaute voll Sehnsucht in den Himmel, und sie glaubte schon die goldenen Sohlen der Seligen durch das Blau hindurch tanzen und schleifen zu sehen.

An einem rauhen Herbsttage endlich hieß es, die Heilige liege im Sterben. Sie hatte sich das dunkle Bußkleid ausziehen und mit blendendweißen Hochzeitgewändern bekleiden lassen. So lag sie mit gefalteten Händen und erwartete lächelnd die Todesstunde. Der ganze Garten war mit andächtigen Menschen angefüllt, die Lüfte rauschten, und die Blätter der Bäume sanken von allen Seiten hernieder. Aber unversehens wandelte sich das Wehen des Windes in Musik, in allen Baumkronen schien dieselbe zu spielen, und als die Leute emporsahen, siehe, da waren alle Zweige mit jungem Grün bekleidet, die Myrten und Granaten blühten und dufteten, der Boden bedeckte sich mit Blumen, und ein rosenfarbiger Schein lagerte sich auf die weiße zarte Gestalt der Sterbenden.

In diesem Augenblicke gab sie ihren Geist auf, die Kette an ihren Füßen sprang mit einem hellen Klange entzwei, der Himmel tat sich auf weit in der Runde, voll unendlichen Glanzes, und jedermann konnte hineinsehen. Da sah man viel tausend schöne Jungfern und junge Herren im höchsten Schein, tanzend im unabsehbaren Reigen. Ein herrlicher König fuhr auf einer Wolke, auf deren Rand eine kleine Extramusik von sechs Engelchen stand, ein wenig gegen die Erde und empfing die Gestalt der seligen Musa vor den Augen aller Anwesenden, die den Garten füllten. Man sah noch, wie sie in den offenen Himmel sprang und augenblicklich tanzend sich in den tönenden und leuchtenden Reihen verlor.

Im Himmel war eben hoher Festtag; an Festtagen aber war es, was zwar vom heiligen Gregor von Nyssa bestritten, von demjenigen von Nazianz aber aufrechtgehalten wird, Sitte, die neun Musen, die sonst in der Hölle saßen, einzuladen und in den Himmel zu lassen, daß sie da Aushilfe leisteten. Sie bekamen gute Zehrung, mußten aber nach verrichteter Sache wieder an den andern Ort gehen.

Als nun die Tänze und Gesänge und alle Zeremonien zu Ende und die himmlischen Heerscharen sich zu Tische setzten, da wurde Musa an den Tisch gebracht, an welchem die neun Musen bedient wurden. Sie saßen fast verschüchtert zusammengedrängt und blickten mit den feurigen schwarzen oder tiefblauen Augen um sich. Die emsige Martha aus dem Evangelium sorgte in eigener Person für sie, hatte ihre schönste Küchenschürze umgebunden und einen zierlichen kleinen Rußfleck an dem weißen Kinn und nötigte den Musen alles Gute freundlich auf. Aber erst als Musa und auch die heilige Cäcilia und noch andere kunsterfahrene Frauen herbeikamen und die scheuen Pierinnen heiter begrüßten und sich zu ihnen gesellten, da tauten sie auf, wurden zutraulich, und es entfaltete sich ein anmutig fröhliches Dasein in dem Frauenkreise. Musa saß neben Terpsichore und Cäcilia zwischen Polyhymnien und Euterpen, und alle hielten sich bei den Händen. Nun kamen auch die kleinen Musikbübchen und schmeichelten den schönen Frauen, um von den glänzenden Früchten zu bekommen, die auf dem ambrosischen Tische strahlten. König David selbst kam und brachte einen goldenen Becher, aus dem alle tranken, daß holde Freude sie erwärmte; er ging wohlgefällig um den Tisch herum, nicht ohne der lieblichen Erato einen Augenblick das Kinn zu streicheln im Vorbeigehn. Als es dergestalt hoch herging an dem Musentisch, erschien sogar unsere liebe Frau in all ihrer Schönheit und Güte, setzte sich auf ein Stündchen zu den Musen und küßte die hehre Urania unter ihrem Sternenkranze zärtlich auf den Mund, als sie ihr beim Abschiede zuflüsterte, sie werde nicht ruhen, bis die Musen für immer im Paradiese bleiben könnten.

Es ist freilich nicht so gekommen. Um sich für die erwiesene Güte und Freundlichkeit dankbar zu erweisen und ihren guten Willen zu zeigen, ratschlagten die Musen untereinander und übten in einem abgelegenen Winkel der Unterwelt einen Lobgesang ein, dem sie die Form der im Himmel üblichen feierlichen Choräle zu geben suchten. Sie teilten sich in zwei Hälften von je vier Stimmen, über welche Urania eine Art Oberstimme führte, und brachten so eine merkwürdige Vokalmusik zuwege.

Als nun der nächste Festtag im Himmel gefeiert wurde und die Musen wieder ihren Dienst taten, nahmen sie einen für ihr Vorhaben günstig scheinenden Augenblick wahr, stellten sich zusammen auf und begannen sänftlich ihren Gesang, der bald gar mächtig anschwellte. Aber in diesen Räumen klang er so düster, ja fast trotzig und rauh, und dabei so sehnsuchtschwer und klagend, daß erst eine erschrockene Stille waltete, dann aber alles Volk von Erdenleid und Heimweh ergriffen wurde und in ein allgemeines Weinen ausbrach.

Ein unendliches Seufzen rauschte durch die Himmel; bestürzt eilten alle Ältesten und Propheten herbei, indessen die Musen in ihrer guten Meinung immer lauter und melancholischer sangen und das ganze Paradies mit allen Erzvätern, Ältesten und Propheten, alles, was je auf grüner Wiese gegangen oder gelegen, außer Fassung geriet. Endlich aber kam die allerhöchste Trinität selber heran, um zum Rechten zu sehen und die eifrigen Musen mit einem langhinrollenden Donnerschlage zum Schweigen zu bringen.

Da kehrten Ruhe und Gleichmut in den Himmel zurück; aber die armen neun Schwestern mußten ihn verlassen und durften ihn seither nicht wieder betreten.